LES CHASSEURS DU ROI
PAR
GUSTAVE HUE
ANDRÉ FOURNIER
COLLECTION
des Romans Populaires
BONNE PRESSE

ROMANS A 20 CENTIMES

LES CHASSEURS DU ROI

Par GUSTAVE HUE

I

C'était le 10 août 1792, dans la soirée, après la prise des Tuileries.

Un homme jeune, de stature imposante, de tournure élégante et aristocratique, malgré son simple vêtement bourgeois, les cheveux bruns sans poudre, se détacha de la foule, à laquelle il semblait d'ailleurs complètement étranger.

Plongé dans ses réflexions, il ne paraissait point prendre garde à l'exaltation, aux cris de ceux qui l'entouraient, ni se soucier du danger qu'il courait en ne partageant pas leur enthousiasme.

Heureusement, les esprits étaient trop échauffés par l'ivresse du triomphe pour remarquer une note discordante dans l'ensemble d'un concert si peu harmonique.

L'étranger prit la rue Saint-Honoré qui lui parut, par contraste, presque déserte. A peine s'il croisait quelques rares passants.

Quelqu'un qu'il n'avait pas vu venir s'approcha de lui, après une courte hésitation, et, se découvrant respectueusement, l'appela à voix presque basse :

— Monsieur le comte !

L'interpellé sursauta, puis, reconnaissant à qui il avait affaire :

— Ah ! c'est toi, mon bon Villefranche. Tu me cherchais ?

— Oui, Monsieur le comte, Madame la comtesse était inquiète. Elle m'a envoyé aux nouvelles.

— Rentrons vite.

Le comte Henri de Bauville avait trente-quatre ans à l'époque où commence ce récit.

Officier aux armées du roi, il avait pris part à la campagne des Indes. Grièvement malade, pendant la traversée du retour, en 1782, il était tombé en léthargie. Le médecin du bord, le croyant mort, s'apprêtait déjà à le faire jeter à la mer, quand un sergent de son régiment, Villefranche, avait demandé un sursis, obtenu à force de prières. Grâce à ses soins, son capitaine recouvra la santé et voua à son sauveur une reconnaissance bien méritée.

Lorsque les événements avaient placé le comte de Bauville dans l'alternative de donner sa démission ou de prêter serment à la Constitution, il s'était retiré dans ses terres, en Normandie, emmenant avec soi le fidèle Villefranche, en qualité d'intendant, presque de confident. Il l'avait marié à sa sœur de lait, Yvonne, dont les parents, de génération en génération, avaient vécu au château de Bauville.

Henri, de son côté, avait épousé, dès son retour des Indes, une jeune fille de seize ans, appartenant à l'une des meilleures familles du pays. Lui-même n'avait alors que vingt-quatre ans.

Les deux époux avaient vécu paisiblement dans leur château de Bauville, entourés de l'affection de leurs serviteurs, de leurs fermiers, de leurs voisins, jusqu'au jour où, devant les progrès croissants de la Révolution, le comte avait décidé de rentrer à Paris pour mettre son épée au service du roi.

La comtesse avait tenu à l'accompagner ; mais elle avait consenti, sur les instances de son mari, à laisser sa fille à la garde d'Yvonne. Marie-Antoinette avait neuf ans. Elle était trop jeune pour qu'on l'exposât aux dangers d'une émeute probable. A Bauville, au moins, elle serait en sûreté.

Seul, Villefranche avait suivi ses maîtres.

Cependant, les deux hommes étaient arrivés rue de la Ferronnerie, devant une porte cochère, en chêne sculpté, peinte en vert sombre, et surmontée des armes de Bauville.

A peine les deux hommes avaient-ils franchi les degrés du perron qu'une porte s'ouvrit brusquement, projetant un rai lumineux sur le dallage en damier du vestibule obscur.

Une fort jolie jeune femme parut sur le seuil.

— C'est vous, Henri, s'écria-t-elle en se jetant dans les bras du comte, Dieu soit loué ! J'étais si inquiète !

Elle entraîna son mari dans le petit salon ; puis, se tournant vers Villefranche demeuré un peu à l'écart :

— Nous souperons ici. Vous nous servirez vous-même, mon bon Villefranche, pour éviter les indiscrets.

L'intendant s'inclina et sortit pour exécuter l'ordre.

La comtesse s'approcha de son mari écroulé dans une bergère, le regard perdu dans le rectangle noir de la fenêtre ouverte sur la nuit du jardin, et d'une voix où tremblait encore un reste d'inquiétude :

— Quelle affreuse journée j'ai passée, mon ami ; quelles angoisses en entendant gronder le canon, quelles tortures à la pensée des dangers qui vous menaçaient !... Mais c'est fini, n'est-ce pas ? Le calme est encore une fois rétabli ?...

Elle n'avait pas achevé sa phrase que, d'une rue voisine, des voix s'élevèrent comme pour lui répondre :

Madame *Veto* avait promis
De faire égorger tout Paris...

Mme de Bauville frissonna, secouée de terreur. Elle balbutia :

— Madame *Veto* ?...

— C'est la reine, expliqua le comte, que les factieux désignent ainsi, par allusion ironique au droit de *veto* du roi.

— Eh quoi ! l'Assemblée législative tolère...

— L'Assemblée vient de prononcer la suspension du roi.

Villefranche rentrait, portant une petite table toute servie.

— Je ne vous conterai pas par le menu, reprit le comte, les événements dont j'ai été témoin aujourd'hui : Je n'en aurais pas le courage ; et puis, par instant, il me semble que j'ai fait un rêve affreux, et j'ai peine à rassembler mes idées... Sachez seulement que la populace a envahi les Tuileries, égorgé les gardes-suisses et les trois cents gentilshommes — parmi lesquels des vieillards et des enfants — qui, depuis hier, en défendaient l'accès en prévision d'une attaque. Comment ai-je pu, avec quelques autres, échapper au massacre ? Je ne le sais vraiment plus... D'ailleurs, cela importe peu... La vie de la famille royale était menacée. Les envahisseurs proféraient des cris de mort à l'adresse du roi et surtout de la reine, de « l'Autrichienne », comme l'appellent les factieux.

Au moment où tout semblait désespéré, où la garde nationale venait de passer à l'ennemi, Rœderer, procureur syndic de la Commune, pénètre à la tête d'une députation dans la Chambre du Conseil et déclare à Sa Majesté qu'il n'y a de salut pour elle que dans le sein de l'Assemblée législative.

Quelles paroles furent échangées au cours de cette entrevue ? Je l'ignore ; mais le roi se rendit aux arguments de Rœderer, car, à peine avais-je réussi à fuir, grâce à mon vêtement bourgeois, la fureur populaire, que j'aperçus, longeant la terrasse des Feuillants et se dirigeant vers l'Assemblée, la famille royale, accompagnée de Mmes de Lamballe et de Tourzel.

J'avançais péniblement. Un remous de la foule me porta enfin dans la salle des séances. J'y arrivai pour entendre prononcer la suspension du roi... Après..., je ne sais plus... je suis sorti de l'Assemblée ; j'ai marché, inconscient, dans du tumulte jusqu'au moment où Villefranche, en m'abordant, m'a tiré de mon cauchemar.

Debout, au milieu de la pièce, Villefranche avait écouté ce récit, les poings serrés, les yeux agrandis de stupeur. Pour ce vieux soldat, rompu de longue date à la discipline et au respect de la hiérarchie, un tel bouleversement de l'ordre établi constituait le plus incroyable des forfaits. Usant de la liberté que lui conférait l'affection de ses maîtres, il rompit le premier le silence.

— Je n'ai que ma vieille carcasse, Monsieur le Comte, s'écria-t-il. Elle ne vaut pas cher ; mais, foi d'ancien grenadier, je la donnerais volontiers pour sauver le roi.

— Je le sais, mon ami, répondit le comte en lui serrant la main, mais ici, vois-tu, ton sacrifice serait inutile. La Révolution a pris trop d'avance pour qu'on puisse songer à l'arrêter. Si notre effort a quelque chance de réussite, c'est seulement dans nos campagnes, où l'esprit nouveau n'a pas encore étouffé les anciens principes.

— Eh quoi ! demanda la comtesse d'un accent qui implorait une réponse rassurante, vous entreverriez une chance de salut ?

— Peut-être... en tous cas, une possibilité de lutter, mille fois préférable à l'inaction qui nous paralyse ici.

— Ecoutez... interrompit la comtesse, brusquement dressée, toute tremblante déjà. Ecoutez.

Le comte prêta l'oreille. On marchait dans le jardin. Le gravier criait sous des pas.

Il saisit un petit pistolet dissimulé sous son vêtement, et s'approchant de la fenêtre avec Villefranche :

— Qui va là ? cria-t-il.

Déjà Villefranche, avec une agilité surprenante pour ses quarante ans, avait franchi d'un bond le rebord de la fenêtre et sauté dans le jardin dont il explorait les massifs.

Des minutes passèrent. Il revint enfin :

— Je n'ai rien vu, déclara-t-il en rentrant. Pourtant je suis allé jusqu'au mur qui longe la rue des Innocents.

— C'est curieux, répliqua le comte : je jurerais cependant que quelqu'un est passé près de cette fenêtre... Allons, je me serai trompé.

A ce moment, un homme quittait l'hôtel de Bauville par une sortie de service et traversait le parc, à pas de loup, pour gagner une petite porte ménagée dans le mur de clôture, sur la rue des Innocents.

Il tira de sa poche une clé, qu'il fit jouer doucement dans la serrure, avec mille précautions, pour ne pas donner l'éveil. Puis il passa la tête dans l'entre-bâillement de l'huis, s'assura que la rue était déserte et referma sur lui le battant avec les mêmes ménagements ; après quoi il se dirigea rapidement vers la rue Quincampoix, en rasant les murs, pour éviter la lumière pourtant fort pâle des lanternes accrochées à des potences ou suspendues à des cordes tendues dans toute la largeur de la rue, d'une maison à l'autre.

Petit, maigre et chétif, le dos voûté, ramassé sur deux jambes en fuseaux, avec un visage en lame de couteau, au nez proéminent, il ressemblait à un oiseau de nuit qui aurait imité les manières d'une fouine.

Bientôt il abandonna la rue Quincampoix pour suivre une série de ruelles en coupe-gorge qu'il devait connaître parfaitement, car il évoluait dans ce labyrinthe sans hésitation. Enfin, quand il aperçut la masse noire de la tour du Temple se profilant sur le ciel, il ralentit le pas, inspecta attentivement les maisons, puis, délibérément, s'engagea dans un corridor obscur et froid où traînaient des relents de tabac mêlés à une odeur de moisissure.

Au fond du couloir, un escalier aux marches de pierre effritées tournait entre les murs lépreux, suintant d'humidité, où la couleur s'écaillait, par places, et laissait voir le plâtre saupoudré de salpêtre.

L'homme gravit lestement les degrés.

Sur une porte basse, un écriteau tout neuf étincelait de blancheur parmi la saleté environnante. On y lisait :

BUREAU DU COMMISSAIRE

Ici on se tutoye.

Essuyez vos pieds, S. V. P.

Sans s'arrêter à l'étrange contradiction entre ces deux formules, l'homme frappa.

Une voix rude répondit de l'intérieur.

Il entra dans une petite pièce misérable, aux murs crépis de chaux, sans autre mobilier qu'une table boiteuse et deux chaises dépaillées. On y respirait la même odeur de vin et de tabac que dans le reste de la maison.

— Salut, citoyen commissaire.

Du personnage replet, penché sur les papiers encombrant la table, on n'apercevait que la tache rouge du bonnet éclairée par la chandelle fumeuse fichée dans le goulot d'une bouteille. Il leva vers l'intrus un visage embroussaillé d'épais sourcils et d'une barbe hirsute.

— Salut et fraternité, répondit-il en posant sa plume d'oie au bord de l'écritoire de plomb.

Il inclina la tête, mit sa main en écran sur ses yeux.

— Ah ! ah ! c'est toi, citoyen Louchart. As-tu du nouveau ?

— Oui, tu seras content.

Sans attendre qu'on l'en priât, Louchart prit la chaise infime et chauve qui demeurait libre et s'y installa tant bien que mal.

— Tu sais, fit-il, en avançant vers son interlocuteur son museau pointu de fouine, que j'ai réussi à me faire accepter comme domestique...

— Comme officieux, rectifia le commissaire, respectueux des formules nouvelles. On dit officieux...

— Soit... comme officieux chez le ci-devant comte de Bauville.

Le commissaire eut un hochement de tête approbatif.

Louchart poursuivit :

— En rentrant, ce soir, à l'hôtel de Bauville, par une petite porte dérobée qui ouvre sur la rue des Innocents et dont j'ai su me procurer la clé, je vis de la lumière à l'une des fenêtres du rez-de-chaussée ; je m'en approchai à pas de loup et j'entendis le ci-devant comte raconter qu'il avait passé la journée aux Tuileries, à combattre le peuple ; qu'il avait échappé au massacre ; le tout assaisonné de propos contre-révolutionnaires... malheureusement, je n'ai pas eu le loisir d'en savoir plus long. J'ai fait quelques pas sous la fenêtre et l'on a dû m'entendre, car l'intendant — encore un que je ne porte pas dans mon cœur — a sauté dans le jardin et s'est mis à fouiller les massifs... Heureusement, j'avais eu le temps de regagner mon encoignure sombre. Il ne m'a pas aperçu.

Le commissaire avait rejeté son bonnet et découvert un crâne lisse où se mira la flamme dansante de la chandelle.

— Donc, résuma-t-il, tu prétends que le citoyen Bauville est suspect ?

— Parfaitement.

— Tu en es sûr ?

— Absolument certain, puisque je l'ai vu et entendu...

— La Commune n'entend point gaspiller son temps et ses fonds en entretenant des délateurs peu consciencieux. En cas d'échec, ta responsabilité et... ta tête sont en jeu.

Louchart esquissa une horrible grimace, et son teint, naturellement jaune, devint tout à fait livide.

— Tu me saura gré, j'en suis sûr, goguenarda son interlocuteur impitoyable, de t'avertir en ami. Donc, encore une fois, tu es bien sûr de ce que tu avances ?

Louchart réfléchit une seconde, hésitant.

— Oui, répondit-il enfin, j'en suis sûr.

— Bien... Dans ce cas, je perquisitionnerai dès demain.

— Sous quel prétexte ?

Le commissaire se rengorgea :

— La Nation n'a pas besoin de prétexte pour poursuivre les suspects.

Du geste, il fit signe que l'entretien avait assez duré.

De sa démarche sautillante, Louchart regagnait l'hôtel de Bauville.

— Allons, monologuait-il, je n'ai pas perdu ma journée, et si le coup réussit, me voilà devenu le bras droit de ce commissaire... Sans compter la prime qui me sera payée pour ma peine.

Il se frottait les mains en homme qui vient d'accomplir de bonne besogne.

Pourtant, sa joie n'était pas sans mélange au souvenir de la responsabilité qu'il encourait en cas d'échec. Il eut une sensation de fraîcheur sur le cou, une fraîcheur d'acier... Un frisson lui parcourut l'échine. Il pressa le pas, comme pour échapper à une poursuite.

Mais l'impression pénible ne dura pas longtemps :

— Bah ! je n'ai rien à craindre, poursuivit-il en haussant les épaules. Comment le comte soupçonnerait-il une dénonciation... D'ailleurs, comment fuirait-il ? Les barrières sont bien gardées, il ne réussirait point à sortir de Paris. On aurait tôt fait de le prendre.

Satisfait de sa logique :

— Louchart, mon ami, tu es un habile homme, concluait-il, tu feras ton chemin.

Sur cet encouragement, il tira de sa poche la clé de la petite porte du parc, et se glissa furtivement jusqu'à l'entrée de service qu'il avait eu soin de laisser entrebâillée ; puis il gagna sa chambre dans les combles de l'hôtel.

II

Le comte et sa femme, en costume de voyage très simple, qui leur donnait l'aspect de petits bourgeois, attendaient impatiemment l'arrivée de la chaise de poste.

Un porte-manteau, posé sur un fauteuil auprès d'eux, constituait tout leur bagage et renfermait les objets précieux qu'ils ne voulaient point abandonner.

La porte de la rue gronda sur ses gonds. Un roulement de voiture se fit entendre dans la cour.

M. de Bauville s'approcha de la fenêtre :

— Tiens, fit-il étonné, Villefranche referme la porte. C'était bien inutile.

Et il vint prendre la valise.

Au même moment, Villefranche accourait, affolé.

— Monsieur le Comte, la maison est cernée !

— La maison est cernée ?...

La comtesse, à demi morte de frayeur, s'était laissée tomber sur une chaise.

Son mari s'efforça de la rassurer ; puis, s'adressant à Villefranche :

— Il faut fuir au plus vite, mais par où ?...

— Par la petite porte du parc, dont j'ai la clé... Hâtons-nous... Les gardes nationaux surveillent la rue de la Ferronnerie pour arrêter la voiture à sa sortie. J'ai fermé la grand'porte pour les empêcher de voir ce qui se passait dans la cour. Nous aurons le temps de prendre le large, si la rue des Innocents n'est pas gardée.

Tout en parlant, Villefranche avait entraîné ses maîtres jusqu'au fond du parc.

Arrivé devant la petite porte, il chercha, dans le gousset de son gilet, la clé qui ne le quittait jamais... Le gousset était vide !...

La sueur au front, il fouilla vivement ses autres poches... Rien !...

— Ma clé ! bégaya-t-il, la gorge serrée. On m'a pris ma clé !

— Nous sommes perdus ! gémit la comtesse.

M. de Bauville avait conservé tout son sang-froid. Il se pencha sur la serrure, la palpa minutieusement ; puis, s'adressant à Villefranche :

— Vite, fit-il, assure-toi que la rue est libre.

D'un bond, l'intendant atteignit la crête du mur. Il s'y cramponna des deux mains, et, en s'aidant de ses pieds, grâce aux interstices des pierres, il parvint à se hisser jusqu'au faîte.

— Personne ! répondit-il.

Au même instant, un coup de feu retentit, et la porte céda, comme par enchantement.

A la détonation, Villefranche s'était rejeté brusquement à terre.

— Qu'y a-t-il ? demanda-t-il anxieux.

— J'ai fait sauter la serrure, répondit le comte en replaçant un pistolet dans sa ceinture. Maintenant, hâtons-nous. Le temps presse...

Devant la porte de l'hôtel, rue de la Ferronnerie, les gardes nationaux, postés par Louchart, commençaient à s'impatienter de ne pas voir sortir la chaise de poste.

— Ils ne partiront donc pas aujourd'hui ?

— Que peuvent-ils bien manigancer ?

— Pour sûr, ils trament quelque chose.

— Si l'on entrait voir ?

Précisément, la porte s'ouvrait, livrant passage à la voiture.

Deux hommes se jetèrent à la tête des chevaux, pendant que d'autres s'emparaient des portières et les ouvraient.

— Personne !

Un juron formidable accompagna cette exclamation.

Louchart, peu soucieux de se montrer, était demeuré dans l'ombre, à quelque distance. Il accourut, questionna le postillon ; mais celui-ci, stylé par Villefranche, et grassement payé, déclara ne rien savoir, sinon qu'on avait, au dernier moment, décliné ses services.

On le laissa partir.

— Ils auront retardé leur départ, dit Louchart. Entrons dans la maison, nous les surprendrons...

Comme une meute à la curée, les sans-culottes se ruèrent à travers l'hôtel. Ils en eurent vite parcouru toutes les pièces.

— Eh bien ? interrogea Louchart anxieux, quand les recherches furent terminées.

— Partis !

— Malédiction ! hurla-t-il. Je suis joué !

Et, comme un furieux, il se lança dans le parc, cherchant un indice qui pût le mettre sur la trace des fugitifs.

Il courut droit à la petite porte.

— J'avais subtilisé la clé de l'intendant... Ils n'ont pas dû pouvoir ouvrir.

Son illusion fut courte. Devant la serrure fracassée, il comprit tout.

Il fit quelques pas au dehors, la rue était déserte.

Qu'allait dire le commissaire ?... Cette fois, il était bien perdu.

Une pensée lui traversa l'esprit : s'il fuyait, lui aussi ?...

Il allait s'élancer, lorsque deux mains puissantes s'abattirent sur ses épaules.

Les hommes l'avaient suivi ; ils avaient deviné son mouvement.

— Quoi donc, citoyen Louchart, fit l'un d'eux, tu veux nous quitter si vite ? Ce n'est guère civil...

On amena le prisonnier dans la salle à manger de l'hôtel.

Là, les sans-culottes, après avoir visité les caves sans perdre de temps, se livraient à de copieuses libations.

*

Cependant, tout en gagnant le large pour échapper aux assaillants, les fugitifs s'étaient rapidement concertés : quitter Paris, il n'y fallait pas songer. C'eût été folie. Le comte l'avait compris tout de suite. Mieux valait attendre une occasion propice, et le plus pressé était de trouver un gîte momentané, un asile où leurs ennemis ne soupçonneraient pas leur présence.

Le hasard de la fuite les avait conduits rue Tiquetonne, où l'enseigne du *Soleil d'Or* avait frappé leurs regards.

Le comte avait décidé de s'y arrêter avec sa femme qui déjà se sentait lasse, brisée par l'émotion. Quant à Villefranche, il avait jugé plus sage, pour ne point donner l'éveil, de chercher un autre refuge.

— Je ne suis pas embarrassé de me loger, avait-il dit en riant. Un vieux soldat n'est pas difficile et ne craint pas une nuit passée à la belle étoile.

On s'était donc séparé.

A l'aubergiste, le comte s'était donné pour un petit bourgeois de province — supercherie que la simplicité de sa mise rendait vraisemblable — et avait arrêté deux chambres fort modestes d'un loyer abordable pour une bourse peu garnie comme devait être la sienne...

Un coup frappé à la porte vint causer à la comtesse une frayeur dont elle se remit vite en apercevant, dans l'encadrement du chambranle, la haute silhouette de Villefranche.

Une double exclamation de joyeuse surprise salua l'apparition de l'intendant ; mais celui-ci fit un geste pour réclamer le silence.

— Chut ! murmura-t-il, un doigt sur la bouche. On ne doit pas soupçonner que nous nous connaissons.

Dès que la porte fut fermée :

— Comment es-tu parvenu jusqu'à nous ? demanda le comte un peu inquiet.

— C'est fort simple... Je suis engagé comme domestique au *Soleil d'Or*.

— Comme domestique ? interrogea la comtesse surprise.

— Oui, et c'est toute une histoire où il y a comme qui dirait quelque chose de providentiel.

— Explique-toi.

— Voici... Cette nuit, en quittant M. le comte et Mme la comtesse, je me rends chez un pays pour lui demander l'hospitalité. Il m'accueille à bras ouverts, puis me questionne. C'était naturel, n'est-ce pas ?... Moi, je ne tenais pas à lui dire la vérité vraie ; alors, j'invente une histoire : mes maîtres sont partis, je me trouve sans place... Il me croit sans peine, ignorant ma situation exacte chez M. le comte, et voilà que tout en causant : « A propos, qu'il me dit, si tu veux te replacer, je connais une bonne maison. — Où donc ? » que je lui demande... Je n'avais pas l'idée de me replacer, bien sûr ; mais c'était pour lui donner le change. « Eh bien, qu'il me répond, c'est à l'auberge du *Soleil d'Or*, rue Tiquetonne. — A l'auberge du *Soleil d'Or*, que je m'écrie, mais je crois bien que j'accepte ! » Et de le remercier... Vous pensez, Monsieur le comte, si j'étais heureux et si je bénissais la chance... Bref, ce matin, mon camarade me présente au patron qui m'embauche immédiatement. Oh ! par le temps qui court, on ne se montre pas exigeant sur le chapitre des références : un certificat de civisme suffit... Et voilà comme quoi le vieux Villefranche va pouvoir continuer à servir ses maîtres et à veiller sur eux.

— Brave ami ! s'écria le comte en serrant les mains de l'intendant.

Celui-ci, pour cacher son émotion, dit d'un ton bourru :

— Allons, allons, je bavarde, et ce n'est pas pour cela que je suis ici... On m'a chargé d'une commission désagréable.

— Quoi encore ? demanda la comtesse avec un nouvel effroi.

— La patronne fait dire que, vu la rareté des vivres, elle ne pourra pas fournir la nourriture à ses locataires. Elle consent à préparer les repas, mais à condition que Mme la comtesse aille elle-même aux provisions.

— Pourquoi donc cela ?

— Parce qu'on ne donne à chaque acheteur qu'une quantité de victuailles déterminée, qu'il doit aller quérir en personne. On craint l'accaparement, la famine, que sais-je ?... J'avais d'abord espéré pouvoir épargner cette corvée à Mme la comtesse ; malheureusement, mon service me retient ici, et les stations à la porte des boucheries et des boulangeries sont parfois fort longues.

La perspective de jouer ce rôle de ménagère ne séduisait guère Mme de Bauville. Pourtant, il fallait bien se résigner et accepter cette nouvelle épreuve, si le salut était à ce prix.

— Soit, fit-elle après un silence, mais ne risqué-je pas d'être reconnue ?

— J'y ai pourvu, répondit Villefranche. Voici un sauf-conduit.

En même temps, dépliant un paquet qu'il avait apporté, il en tirait un jupon rayé.

— Un jupon tricolore ! s'écria la comtesse.

— C'est ce qui se fait de plus nouveau, plaisanta le vieux serviteur. Ces dames de la Halle ne portent pas autre chose. Avec cela, Mme la comtesse, et cette cocarde tricolore au bonnet, personne ne vous cherchera noise... D'ailleurs, je veillerai.

— Allons, puisqu'il le faut !...

Et, faisant contre fortune bon cœur, elle se retira dans sa chambre, afin d'endosser sa nouvelle tenue, pendant que Villefranche redescendait à l'office.

Un matin, Mme de Bauville faisait queue à la porte d'une boucherie où pendaient de maigres quartiers de viande, attendant, parmi les rires et les propos vulgaires des femmes du peuple, son tour de se faire servir, quand un homme s'approcha d'elle et, sans qu'elle y prît garde, l'examina attentivement.

Il s'éloigna, revint sur ses pas, perplexe, hésitant, se faufilant à travers les groupes, avec une souplesse de félin, pour se rapprocher de celle dont il semblait avoir à tâche de vérifier l'identité.

Villefranche qui, ce jour-là, avait pu s'absenter et veillait de loin sur la comtesse, remarqua le manège, et, flairant un espion, s'approcha à son tour ; mais l'homme, comme s'il eût deviné qu'on le surveillait, tourna brusquement les talons et s'éclipsa.

Si prompt qu'eût été le mouvement, Villefranche avait eu le temps de reconnaître Louchart.

— Pourquoi diable examinait-il Mme la comtesse avec tant d'instance et a-t-il filé si subitement ? se demanda le vieux soldat.

Tout à coup, un soupçon se fit jour dans son esprit :

— Est-ce que, par hasard ?... Ma foi, j'en aurai le cœur net !

Et, ce disant, il allongea ses grandes jambes et se mit à la poursuite du petit homme.

Il n'eut pas de peine à le rejoindre, mais se tint à distance pour ne pas attirer son attention. A chaque coin de rue, il s'arrêtait et attendait, avant de reprendre sa course, que Louchart eût gagné du terrain.

Ce jeu de cache-cache dura jusqu'à la rue de Picardie.

Là, Louchart pénétra dans une maison borgne, proche le Temple, la même où il s'était rendu déjà la nuit du 10 août.

Quand il eut franchi le corridor obscur et suintant, Villefranche s'y engagea à son tour, puis, du pied de l'escalier, surveilla l'ascension du petit homme. Il le vit, ou plutôt l'entendit s'arrêter au second étage. Une porte s'ouvrit, se referma...

Alors Villefranche monta à son tour, et s'arrêta, stupéfait, devant la pancarte annonçant le bureau du commissaire.

Brusquement, il comprit tout : les pas entendus dans le jardin, après l'arrivée du comte, c'étaient ceux de Louchart... Il avait surpris la conversation des deux époux et cette dénonciation inexpliquée, la surprise de l'hôtel, tout cela, c'était encore l'œuvre de Louchart !...

— Le gredin ! L'infâme gredin !... Dire que c'est moi qui ai fait entrer ce serpent chez M. le comte, qui ai ouvert au loup la porte de la bergerie... Ah ! triple imbécile, quadruple animal que je suis !

M'être laissé rouler par cet avorton, comme un conscrit !...

Tout en monologuant et en s'injuriant de la sorte, Villefranche avait dégringolé l'escalier et repris le chemin de la rue Tiquetonne.

Il arriva de fort méchante humeur à l'auberge du *Soleil d'Or.*

Dès que son service le lui permit, il courut frapper à la porte de ses maîtres.

— Monsieur le Comte, s'écria-t-il en entrant, je ne suis qu'une vieille bête !

M. de Bauville s'évertua à le calmer ; il parvint enfin à lui faire conter en détail tout ce qui venait de se passer et qui établissait, de façon flagrante, la culpabilité de Louchart.

— Crois-tu, demanda-t-il, qu'il ait reconnu la comtesse ?

— J'en suis presque sûr et que c'est cette nouvelle qu'il s'est empressé d'aller porter à son commissaire.

Le comte réfléchit une seconde.

— Dans ce cas, dit-il à voix presque basse, pour n'être pas entendu de la comtesse, occupée dans la pièce voisine, dans ce cas, notre retraite sera vite découverte.

— Oh ! je veillerai, Monsieur le Comte, et je vous jure que je ne le perdrai pas de vue, le traître.

Pour veiller sur la comtesse, Villefranche déploya tout son zèle, inventa mille prétextes pour sortir de l'auberge sur ses pas.

Deux ou trois fois, il vit Louchart rôder autour d'elle ; mais il lui suffit de se montrer pour mettre l'espion en fuite.

Un jour, Villefranche fut retenu à l'auberge, à l'heure où Mme de Bauville sortait pour ses emplettes. Il maugréa, mais dut rester à son poste et la laisser aller seule.

Elle rentra tout essoufflée, les traits empreints d'une émotion profonde, ayant peine à dissimuler son trouble.

Son mari, dès qu'ils furent seuls, la pressa de questions.

— Notre retraite est découverte, on m'a suivie jusqu'ici !

Il s'efforça de la rassurer. Peut-être s'abusait-elle ?

— Oh ! non, protesta la jeune femme, je suis sûre de ne pas me tromper. Pendant que je stationnais devant la boucherie, un homme qui rôdait autour de moi attira mon attention... Quand je partis, je remarquai qu'il me suivait... A deux reprises, je jetai un coup d'œil en arrière et je le vis se dissimuler dans une encoignure. Au moment où je pénétrais sous le porche de l'auberge, je l'aperçus encore qui m'épiait... Je suis sûre, absolument sûre, de ce que j'avance... D'ailleurs, les traits de l'individu ne me sont pas inconnus. Il me semble avoir vu déjà ces yeux fuyants, ce museau de fouine.

La comtesse s'interrompit en entendant gratter à la porte, et Villefranche entra, le visage rayonnant.

— Bonne nouvelle ! s'écria-t-il dès le seuil. La Convention vient de voter une loi qui permet la libre circulation des personnes et des grains.

Le comte et sa femme ne comprirent pas tout d'abord.

Villefranche s'expliqua : c'était la surveillance relâchée aux barrières, la possibilité de quitter enfin Paris sans courir le risque d'être arrêté.

— Je viens d'apprendre la chose en servant et j'ai voulu vous en informer tout de suite... Maintenant, je me sauve. Il ne faut pas qu'on s'aperçoive de mon absence.

— Va, mon ami, dit le comte, et reviens nous trouver dès que tu seras libre. Nous prendrons, sans plus tarder, les mesures propres à assurer notre départ.

Et à sa femme :

— Vous voyez, votre espion en sera pour ses frais.

La comtesse sentait des larmes de bonheur monter à ses paupières. Elle se jeta dans les bras de son mari, et tous deux goûtèrent, pour la première fois depuis des mois, une minute de vraie joie.

*

Le lendemain, dès l'aube, une petite troupe de gardes nationaux à cheval venait augmenter l'encombrement habituel de la rue Tiquetonne.

Devant l'auberge du *Soleil d'Or*, la troupe s'arrêta. Louchart descendit de cheval et s'approcha de l'aubergiste. Celui-ci, un hercule, dut se baisser pour saisir les paroles du petit homme, qui se perdaient dans le brouhaha de la rue.

Leur conversation dura peu. Louchart donnait des marques d'impatience, se démenait avec des gestes qui cherchaient à convaincre. L'autre, placide, se contentait de secouer la tête en signe de dénégation.

Enfin, tous deux disparurent.

Un peu de temps se passa, et Louchart ressortit de l'auberge. Il vint droit au chef de l'escorte.

— Le patron, dit-il, fait le bon apôtre et soutient n'avoir pas logé de suspects. Je suis certain du contraire ; aussi ai-je tenu à visiter la maison.

— Eh bien ?

— Personne... Ils sont partis.

Et comme l'officier esquissait une grimace :

— Je vais me lancer à leur poursuite, ajouta-t-il vivement. Ils ne peuvent être bien loin et je les rejoindrai facilement.

Il sortit de sa poche un laissez-passer qu'il exhiba :

— Grâce à cet ordre, je trouverai des chevaux à tous les relais.

L'officier lut attentivement le papier, puis le rendit à Louchart qui s'était remis en selle.

— Mais de quel côté allez-vous chercher vos fuyards ?

— Parbleu, sur la route de Caen, riposta l'autre avec assurance.

— Bon voyage, donc, et bonne chance, citoyen Louchart !

Les deux hommes se séparèrent, chacun tirant de son côté.

Louchart, après son échec si piteux à l'hôtel de Bauville, n'avait pas eu grand'peine à se disculper aux yeux du commissaire.

Les gardes nationaux, une fois installés dans la salle à manger du comte, s'étaient livrés à des libations renouvelées, si bien que leur raison n'avait pas tardé à s'obscurcir.

C'est là-dessus qu'avait compté leur prisonnier.

Ses gardiens endormis, ou suffisamment ivres pour ne plus se rendre un compte exact des événements, le rusé compère leur avait faussé compagnie et s'était empressé de courir rue de Picardie.

En face du commissaire, il avait pris l'attitude d'un homme offensé ; il lui avait reproché de n'avoir su lui fournir, comme collaborateurs, que des ivrognes.

Le pauvre commissaire avait bien commencé par se cabrer un peu ; mais la rentrée titubante des gardes nationaux, l'un soutenant l'autre, avait fini par le convaincre. Il avait presque fait des excuses.

Louchart avait donc triomphé. Il était sûr désormais de l'impunité, et c'est sans aucune difficulté qu'il avait obtenu un laissez-passer qui lui permit de poursuivre les suspects au cas, bien improbable, pensait-il, où ils auraient encore déguerpi sans l'attendre.

Nous venons de voir que, malgré ses prévisions optimistes, il avait trouvé la cage vide, et se lançait à la poursuite des fuyards avec douze heures de retard.

En effet, le comte et la comtesse étaient partis la veille au soir.

Leur sortie de Paris avait pu s'effectuer aisément, grâce au relâchement de surveillance qu'ils avaient escompté.

Un des maraîchers qui fréquentait le *Soleil d'Or* avait consenti, moyennant une faible rétribution, à les prendre dans sa charrette jusqu'à Poissy. Leur costume n'avait pas éveillé l'attention.

Un peu avant d'arriver à destination, ils avaient quitté la voiture pour rejoindre Villefranche qui, ayant pris les devants, avait commandé une chaise de poste, et les attendait, à quelque distance de la route, dans un bouquet de bois.

Malheureusement, à peine les voyageurs avaient-ils pris place dans le véhicule qu'un essieu s'était rompu. Force avait été, pour repartir, d'attendre que le dégât fût réparé, c'est-à-dire jusqu'au lendemain dans la journée. Ensuite, un des chevaux s'était déferré, obligeant à une nouvelle halte chez le maréchal.

Bref, le soleil était déjà très bas à l'horizon quand la chaise de poste fit halte à Mantes pour le relais.

Dès que le comte eut mis pied à terre, le maître de poste s'empressa.

C'était un petit homme replet, d'une cinquantaine d'années, au visage épanoui, au teint fleuri de santé, à la physionomie ouverte.

— Des chevaux frais, tout de suite, ordonna Bauville, et servez-nous à souper promptement. Je tiens à repartir au plus tôt.

L'aubergiste s'inclina et conduisit les voyageurs dans une petite pièce ouvrant au fond de la salle commune, vide à cette heure.

— Je vais apporter le souper ici, dit-il en s'effaçant devant ses hôtes.

— Comme il vous plaira, quoique nous nous fussions contentés de la salle commune. Mais, de grâce, mon ami, hâtez-vous.

— Si j'ai fait entrer Monsieur et Madame dans cette pièce, c'est que j'ai craint qu'un client bavard ne reconnût le comte de Bauville et n'eût ensuite la langue trop longue, ce qui compromettrait fort la suite de votre voyage.

— Vous savez donc qui je suis ? questionna le comte surpris.

— Sans doute, Monsieur le comte s'est arrêté plus d'une fois chez moi, en allant à Paris ou en revenant.

— Soit, mais je ne vois pas quel péril je courrais à être reconnu.

— Comment, Monsieur, quel péril ?... Mais votre tête est mise à prix, on vous arrêterait, on vous ramènerait à Paris, et vous seriez condamné à mort pour avoir cherché à émigrer.

— Nous n'avons nullement le projet d'émigrer ! protesta le comte.

— Possible, mais les apparences vous accusent, et vous n'ignorez pas que, pour le tribunal révolutionnaire, tout suspect est coupable ?

— Pourtant, la loi récente qui autorise la libre circulation ?...

— N'est qu'un piège habilement tendu pour inciter les adversaires de la Révolution à sortir de Paris et les prendre plus facilement, en bloc, soit sur les grandes routes, soit aux frontières, après que, par leur fuite, ils se sont, pour ainsi dire, désignés d'eux-mêmes aux poursuites... C'est miracle que vous soyez parvenus jusqu'ici sans encombre, et, en tout cas, vous ne pourriez aller plus loin. Un bataillon de patriotes d'Evreux, marchant sur Paris pour y soutenir la Convention, est arrivé ici aujourd'hui. Il campe aux portes mêmes de notre ville. Vous ne manqueriez point, poursuivant votre route, de tomber entre ses mains.

M. et Mme de Bauville remercièrent leur hôte de ses avis.

Leur situation était des plus périlleuses. En passant outre et continuant leur voyage, ils avaient de grandes chances d'être arrêtés ; d'autre part, il était hors de doute que les patriotes entreraient le lendemain matin dans la ville, fouilleraient les maisons et ne manqueraient pas de les découvrir. Quoi qu'ils décidassent, ils se trouveraient en face d'un danger terrible et inévitable.

Pendant que le comte se livrait à ces pensées, le maître de poste était sorti. Il rentra bientôt, portant sur un plateau des mets froids et deux couverts qu'il disposa sur une petite table.

Bauville lui fit part des deux issues également funestes que comportait l'aventure.

L'aubergiste l'écouta attentivement, puis, après un instant de réflexion :

— Si vous vouliez vous fier à moi, dit-il, je crois avoir un moyen de favoriser votre fuite.

— Vous avez déjà acquis des droits à notre reconnaissance, repartit le comte, et rien ne saurait justifier de notre part un manque de confiance... Votre nom, mon ami ?

— Piperel, Monsieur.

— Eh bien ! maître Piperel, nous remettons notre sort entre vos mains.

Les traits de l'aubergiste s'illuminèrent.

— Vous êtes trop bon, Monsieur le comte. Je ne fais que mon devoir d'honnête homme en m'efforçant de vous sauver la vie... Voici donc quel est mon plan : le commandant du bataillon d'Evreux vient de m'envoyer deux hommes en m'ordonnant de leur remettre des victuailles pour son souper et celui de ses officiers. Je vais leur proposer, sous prétexte qu'ils ne pourraient tout emporter sans aide, de les faire accompagner par mon fils. Il est intelligent et connaît bien le pays. Sa besogne terminée, il pourra rôder dans le camp — un enfant n'attire guère les soupçons, — en reconnaître la position, et, s'il découvre quelque endroit où le passage soit possible, il vous servira de guide à son retour. Votre voiture sera toute prête.

Les voyageurs acceptèrent avec reconnaissance et s'assirent devant le souper qui les attendait, pendant que le brave homme sortait pour donner ses instructions à son fils et veiller à l'exécution de son projet.

Tout se passa comme il l'avait prévu : les deux soldats consentirent volontiers à ce que le fils de l'aubergiste les accompagnât, enchantés de se décharger sur lui d'une partie de leur fardeau.

Pierre, c'était le nom de l'enfant, avait quinze ans à peine ; mais son intelligence, que décelaient la vivacité et l'éclat de ses grands yeux bleus bien ouverts, le mettait à même de remplir parfaitement la mission dont il se trouvait investi par la force des circonstances.

La pluie s'était mise à tomber. Poussée par la rafale, elle venait fouetter les vitres qui ruisselaient. La nuit était tout à fait noire.

Peu à peu, la salle commune s'était emplie de monde : postillons, voisins, venus passer la soirée, à leur habitude, promeneurs que le mauvais temps avait contraints de chercher un abri.

Tous ignoraient la présence des deux voyageurs dans la pièce voisine, et il importait de ne la leur point faire connaître ; aussi, le maître de poste, tout en circulant entre les tables pour servir les buveurs, se demandait-il quel prétexte il pourrait bien invoquer, quand son fils rentrerait, pour l'emmener dans la chambre où se trouvaient les étrangers, sans éveiller l'attention.

Personne ne connaissait le but de l'expédition de Pierre ; un conciliabule secret entre l'enfant et son père pourrait surprendre et susciter des soupçons, à une époque où ils naissaient si facilement.

L'air soucieux de Piperel n'échappa pas à ses clients. L'un d'eux crut en avoir deviné la cause :

— Je parierais que Pierre court encore la prétantaine et que son père s'inquiète, à le savoir dehors par ce joli temps.

Ce fut, à ces paroles, un brusque trait de lumière dans l'esprit du maître de poste. Le prétexte qu'il cherchait s'offrait de lui-même. Puisqu'on croyait à une nouvelle escapade de l'enfant, il n'avait qu'à abonder dans ce sens. Aussi bien, pressé par le temps et par la gravité de la situation, il n'avait guère le choix des moyens.

Mais, avant que son fils entrât dans la salle, il était indispensable qu'il le pût instruire de la scène qu'il venait d'imaginer, afin que le gamin ne parût pas trop surpris de l'accueil inattendu qui lui serait fait, et ne risquât pas de tout compromettre en montrant son étonnement.

— Le drôle est incorrigible, grommela Piperel, assez haut pour être entendu de l'homme qui venait de parler.

Il se dirigea vers la porte. Sur le seuil, il se pencha, scrutant les ténèbres, l'oreille au guet.

Il perçut un bruit de pas, tout proche, qu'il reconnut : c'était Pierre. Il courut au-devant de lui, et, en quelques mots, lui exposa le rôle qu'il aurait à tenir ; puis il rentra en tirant bruyamment la porte, en homme qui sent la colère le gagner et a peine à se maîtriser.

— Je crois que Pierre sera mal reçu, déclara, en riant, à ses voisins le client qui, tout à l'heure déjà, avait pris la parole.

Au bout de quelques minutes, la porte se rouvrit timidement, et Pierre, les cheveux et les vêtements trempés, les souliers et les bas couverts de boue, fit son apparition, salué par les éclats de rire de l'assistance qu'amusait sa mine déconfite.

Son père marcha rapidement à sa rencontre, en l'apostrophant sur un ton furieux :

— Te voilà enfin, s'écria-t-il, et dans quel état !...

Il l'avait saisi par le bras, et, tout en parlant, l'entraînait vers la petite salle où tous deux disparurent.

— Il va passer un mauvais quart d'heure, fit remarquer, goguenard, un des buveurs.

Et, sur cette réflexion, les conversations reprirent, sans que personne s'arrêtât davantage à l'incident.

M. et Mme de Bauville se levèrent vivement à l'entrée de Piperel et de son fils. Le temps leur avait paru long ; ils avaient hâte d'avoir des nouvelles.

Rapidement, l'aubergiste les mit au courant des craintes qui l'avaient assailli et du stratagème qu'il avait dû employer pour détourner les soupçons, puis on interrogea l'enfant.

Ses réponses n'étaient guère rassurantes ; le camp des patriotes entourait toute la ville ; toutefois, on pouvait espérer, en sortant par le Sud, avoir quelque chance, grâce au mauvais temps et à l'obscurité complète, de tromper la surveillance des sentinelles, peu nombreuses de ce côté, un large fossé ayant paru à leurs chefs une défense suffisante par elle-même.

C'était donc par ce point seulement qu'il fallait tenter le passage. L'enfant connaissait à fond les chemins de traverse que l'on pourrait prendre ; lui seul pouvait guider la fuite des voyageurs.

A la suite d'un court conciliabule, il fut décidé qu'on suivrait les indications de Pierre ; mais la comtesse déclara qu'elle ne se mettrait en route sous sa conduite que s'il consentait tout d'abord à changer de vêtements.

Après une légère résistance, dictée par sa hâte d'accomplir une mission de confiance qui flattait son amour-propre et le grandissait à ses propres yeux, l'enfant céda.

— J'y songe, objecta l'aubergiste inquiet, comment sortir d'ici et y rentrer sans que ces allées et venues attirent l'attention des curieux ?... Il ne faut à aucun prix qu'on soupçonne la présence de M. le comte et de Mme la comtesse...

Pierre sourit malicieusement en regardant son père ; puis, sans répondre, il ouvrit la fenêtre et sauta dans la cour qu'il traversa pour gagner un escalier menant aux étages supérieurs.

Le bonhomme demeura stupéfait.

— Suis-je assez bête, murmura-t-il. Je n'y aurais jamais pensé.

Le comte solda sa dépense et voulut en outre faire accepter au maître de poste une gratification pour l'immense service qu'il leur rendait ; mais Piperel refusa obstinément, malgré les instances de ses hôtes.

Ceux-ci finirent par obtenir l'autorisation de remettre un souvenir à Pierre, mais sous condition formelle que ce ne serait pas une somme d'argent.

Ils remercièrent encore le brave homme, et M. de Bauville lui dit, en lui serrant la main :

— Promettez-nous de ne jamais oublier que nous sommes vos débiteurs, et d'avoir recours à nous dès que vous ou votre fils en aurez besoin. Peut-être des temps meilleurs viendront-ils ; nous serons heureux de reconnaître votre dévouement en vous étant utiles à notre tour.

— Je vous remercie, Monsieur le comte, et si j'osais...

— Dites, mon ami.

— Eh bien, voilà, Monsieur le comte : Pierre n'a plus que moi au monde. Il est encore jeune ; si je venais à disparaître, il demeurerait sans appui...

M. de Bauville ne le laissa pas achever :

— Votre fils trouvera toujours sous mon

toit le même accueil que dans votre maison.

L'aubergiste, les larmes aux yeux, resta un bon moment sans répondre, trop ému pour articuler une parole.

— Monsieur le comte, prononça-t-il enfin, la gorge serrée, comme hésitant devant un aveu difficile, Monsieur le Comte, vos bontés m'engagent à vous faire une confession... Pierre n'est pas mon fils.

Un silence suivit, pendant lequel maître Piperel respira largement, comme soulagé du poids qui l'oppressait ; après quoi, il poursuivit :

— Il y a de cela quatorze ans, c'était à la fin de 1778, un gentilhomme, le baron de Prémesnil, descendit chez moi.

— Je l'ai connu, interrompit le comte.

— Il revenait d'Amérique avec son fils, un bébé qui n'avait pas encore un an. Ma pauvre défunte femme allaitait alors un enfant que j'ai perdu depuis. Elle prit en pitié le petit Pierre et lui prodigua les mêmes soins qu'à son nourrisson. Le pauvret en avait bien besoin... Peu après son arrivée, le baron de Prémesnil tomba gravement malade, si gravement même, qu'au bout de quelques jours il fallait renoncer à tout espoir. Il le comprit, et m'ayant appelé auprès de lui, il me narra en pleurant ses tristes aventures : sa femme était morte en Amérique. Il était revenu en France avec son beau-frère et une fillette, d'un an plus âgée que Pierre ; mais une tempête les avait assaillis près du Havre, leur navire avait fait naufrage, et seul avec son fils il avait pu gagner la côte à la nage. Son beau-frère, sa fille avaient péri dans les flots... Donc, lui disparu, Pierre n'avait plus aucun parent... Touché jusqu'aux larmes, je promis d'élever l'enfant... Ah ! Monsieur le comte, comment vous dépeindre la gratitude du moribond, la flamme qui éclaira ses yeux prêts à s'éteindre. Je ne l'oublierai jamais... Le baron me remit une somme d'argent destinée aux premiers frais d'entretien de l'enfant et une cassette qui contenait, me dit-il, des bijoux et des papiers de famille à remettre à Pierre lors de sa majorité. Je ne l'ai jamais ouverte... Suivant ma promesse, j'ai gardé le bébé. Il a grandi sans jamais rien apprendre de sa naissance, et voilà, Monsieur le comte, comme quoi le baron Pierre de Prémesnil passe pour le fils d'un vulgaire aubergiste...

— Vous êtes un grand cœur, maître Piperel, s'écria le comte ému à son tour, et bien des gentilshommes seraient fiers de vous ressembler.

Le maître de poste pressa la main que lui tendait M. de Bauville, et baisa respectueusement celle de la comtesse ; puis il se retira pour veiller aux derniers préparatifs de départ.

Comme il quittait la chambre, la silhouette de Pierre apparut dans l'encadrement de la fenêtre. Il avait des vêtements secs, et ses cheveux blonds n'avaient plus, comme tout à l'heure, l'air d'appartenir à un noyé.

Les deux voyageurs, maintenant qu'ils étaient avertis, furent frappés de l'extraordinaire distinction de l'enfant, de la finesse de ses traits, de son allure aristocratique, de la grâce harmonieuse que développait chacun de ses mouvements. Ils s'étonnèrent de ne l'avoir point remarqué plus tôt.

Pierre semblait tout joyeux. On eût dit qu'il se disposait à quelque partie de plaisir. Son aspect releva le courage de Mme de Bauville.

— Est-ce qu'il nous faut prendre aussi ce chemin ? demanda-t-elle, en s'approchant de la fenêtre.

— Sans doute, Madame : vous ne pouvez traverser la salle commune et il n'y a pas d'autre issue.

Ce disant, il tendait les mains à la jeune femme qui s'y appuya, pour sauter dans la cour avec l'aide de son mari.

Celui-ci les rejoignit à son tour, et tous trois se dirigèrent vers la voiture qui attendait sur la route, à quelque distance.

La pluie tombait à torrents. Mme de Bauville s'enveloppait dans sa mante pour se garantir. Ses mules d'étoffe mince s'enlisaient à chaque pas dans la boue.

Ils atteignirent enfin la chaise de poste. Avant d'y monter, la comtesse en tira un manteau à triple collet qu'elle mit elle-même sur les épaules du jeune garçon, ne voulant pas qu'il se fît encore une fois tremper pour son service ; puis elle et le comte s'installèrent dans l'intérieur de la chaise, pendant que Pierre enfourchait un grand cheval et prenait la tête du cortège. Villefranche, également à cheval, suivait la voiture.

Le postillon était un homme sûr, en qui on pouvait avoir toute confiance.

La sortie de la ville s'effectua sans encombre ni rencontre fâcheuse. Le mauvais temps n'invitait guère les habitants à quitter leurs demeures. Le roulement de la voiture s'entendait à peine sur le terrain détrempé ; mais, par suite de l'obscurité, on ne pouvait marcher qu'à un train modéré.

Bientôt on quitta la grand'route pour s'engager dans un chemin de traverse. Pour éviter les fondrières, il fallut ralentir encore l'allure.

Heureusement, le trajet à parcourir n'était plus long. On approchait du pont jeté sur le large fossé qui limitait le camp des patriotes. Quand on l'aurait franchi, on n'aurait plus rien à craindre de ceux-ci.

Villefranche pressa son cheval et rejoignit Pierre. Tous deux firent allonger le trot à leurs montures, pour inspecter les alentours et s'assurer que le passage n'était point gardé.

Comme ils approchaient, une voix cria :

— Qui vive ?...

Et presque en même temps, un bruit sec retentit : le choc d'une pierre à fusil sur le bassinet. La poudre mouillée ne s'était pas enflammée ; le coup avait raté.

Avant que la sentinelle ait eu le temps de se reconnaître, Villefranche avait poussé son cheval dans sa direction. Le poitrail de l'animal vint frapper l'homme qui, sans un cri, roula dans le fossé plein d'eau. On le laissa se dépêtrer.

La voiture franchit le pont à toute bride, et quelques minutes plus tard, les fugitifs étaient hors d'atteinte.

A deux lieues de là, la pluie cessa tout à coup ; les nuages se dissipèrent. Le jour se levait ; le soleil commençait à luire à l'horizon.

Des champs se déroulèrent, des deux côtés de la route.

Comme on traversait un petit bois, Pierre fit signe au postillon d'arrêter, mit pied à terre et s'approcha de la voiture.

M. de Bauville parut à la portière. L'enfant lui annonça son désir de prendre congé de lui et de la comtesse.

— Déjà ?

— Oui, c'est plus sage. Vous n'avez plus besoin de mes services, et je préfère ne pas aller jusqu'au relais. Le maître de poste me connaît ; il ne manquerait pas de m'accabler de questions auxquelles il me serait malaisé de répondre sans éveiller ses soupçons.

— Soit ; mais comment vas-tu rentrer à Mantes ?

— A pied, donc.

— Et ton cheval ?

— Vous le monterez, ou Villefranche le mènera en main jusqu'au prochain relais.

M. de Bauville était descendu de voiture. Il approuva les projets du jeune garçon, lui exprima sa reconnaissance et celle de la comtesse ; puis, tirant sa montre de son gousset, il la lui tendit.

Pierre ne comprit pas tout d'abord que le bijou lui était offert, tant la chose lui paraissait invraisemblable.

— C'est pour toi, lui dit le comte, amusé de sa mine étonnée.

— Pour moi ?...

Et, rouge de plaisir, il avança vivement la main pour saisir la montre que M. de Bauville lui abandonna.

— Garde-la en souvenir de notre rencontre et de la vaillance dont tu as fait preuve.

Puis, sans laisser à Pierre le temps de se ressaisir, il le prit dans ses bras et l'éleva jusqu'à la comtesse qui l'embrassa de tout son cœur, comme elle eût fait à son propre enfant.

Ne sachant, dans l'excès de sa joie, comment témoigner sa gratitude, ne trouvant pas de mots pour l'exprimer, Pierre envoya des deux mains un double baiser aux voyageurs et s'élança dans la direction de Mantes.

— Est-il assez gentil, ce gamin, murmura Villefranche, et rudement courageux, avec cela !...

Le comte donna le signal du départ, et la petite troupe s'ébranla sur la route de Caen.

Cependant, Pierre avait escaladé une éminence qui dominait la campagne environnante et lui permettait d'apercevoir encore la chaise de poste. Il la suivit des yeux jusqu'à ce qu'elle eût disparu.

Comme il se disposait à descendre de son observatoire, un cavalier, arrivant de Mantes à toute bride, attira son attention.

Son premier mouvement fut de se cacher, mais la curiosité l'emporta sur la prudence. Il marcha bravement au-devant de l'étranger.

Celui-ci, arrivé à l'intersection de deux routes, s'arrêta, perplexe ; puis, dès que Pierre fut à portée de voix, il l'interpella :

— Dis-moi, mon ami, tu n'as pas vu passer une chaise de poste, par ici ?

La question éveilla la méfiance de Pierre, d'autant que la figure du cavalier ne lui revenait guère.

— Toi, se dit-il, tu es trop curieux et tu me crois plus bête que je ne suis.

Et tout haut :

— Si fait, répondit-il, elle a pris cette route.

Du geste, il désignait le chemin opposé à celui qu'avaient suivi les voyageurs.

Louchart, car c'était lui qui reprenait sa poursuite, après avoir attendu la fin de l'orage, Louchart remercia et s'engagea dans la direction indiquée.

Il chevaucha longtemps sans soupçonner la tromperie.

Pourtant, la voie devint peu à peu si mauvaise et si étroite qu'il finit par concevoir des doutes.

— Morbleu, ce gamin se serait-il joué de moi ?

Il avisa un paysan courbé sur un sillon et qui se redressa à son approche. Il l'interrogea.

— La route de Caen, mon brave ?

— La route de Caen, citoyen, vous lui tournez le dos. Il faut que vous reveniez sur vos pas pour la chercher...

Sans en écouter davantage, le cavalier fit volte-face et piqua des deux en maugréant et proférant contre Pierre les plus terribles menaces, qu'accentuait encore le rictus féroce de sa face bilieuse.

— Si je le rattrape, celui-là !... conclut-il.

Mais quand, après deux heures d'inutile chevauchée, il se retrouva au point où il avait rencontré Pierre, celui-ci ne l'avait pas attendu, et la route, sous le soleil déjà haut, était déserte.

<h3 style="text-align:center">III</h3>

Après la première maison de Bauville, le mur d'enceinte du château faisait un coude, se dressait très haut, coiffé de lierre, au-dessus du plateau qui domine la vallée de la Seulles. L'homme le suivit jusqu'au bout.

Du côté de la vallée, la clôture était moins élevée, mais elle n'était séparée de la pente à pic, dévalant jusqu'à la rivière, que par un sentier large à peine d'une demi-toise. L'étrange promeneur eut une hésitation avant de s'engager dans l'étroit défilé.

Au bout de quelques pas, il s'arrêta et, s'aidant des interstices des pierres, se hissa sur la crête du mur. Il se trouva juste à la hauteur de la charmille qui s'étendait au fond du jardin. Grâce à l'absence de feuilles, il put jeter un coup d'œil inquisiteur entre les branches et se rendre compte de la disposition des lieux.

— Bon, se dit-il, il n'y a pas de défense par ici. C'est tout ce que je voulais savoir... Louchart, mon ami, tu as accompli de bonne besogne aujourd'hui.

Et sur cette flatteuse constatation, Louchart — car c'était lui — se disposa à descendre de son observatoire, opération délicate et périlleuse.

Cramponné au faîte du mur, il éprouvait la stabilité des pierres avant d'y aventurer le pied. Enfin, il atteignit le sol.

Mais, sur l'herbe gelée, il fit un faux pas, glissa et, la tête la première, s'allongea au-dessus du gouffre...

Heureusement pour lui, une souche se trouva fort à point sous sa main : il s'y agrippa et parvint, non sans peine, à se remettre debout.

Son cœur battait violemment ; une sueur froide l'inondait ; il tremblait de tous ses membres. Aussi poussa-t-il un profond soupir de soulagement quand il se vit hors du dangereux passage.

— Malédiction ! fit-il, j'ai failli me rompre les os.

Il s'épongea le front, reprit haleine, puis s'éloigna aussi rapidement que le lui permettaient ses courtes jambes.

Il jugea plus prudent de ne pas rentrer dans le village. Les champs, en cette saison, étaient déserts. Il n'avait guère chance d'y faire de fâcheuse rencontre. Il prit donc la route de Bayeux.

Il marchait depuis quelque temps quand le roulement d'une charrette se fit entendre derrière lui. Son naturel timide le poussa à se jeter dans un fossé, avec la prestesse d'un rat qui regagne son trou. Il attendit, anxieux.

Dans la voiture qui s'approchait, un bon vieux paysan à l'air placide somnolait au trot lent d'un cheval efflanqué.

Rassuré, Louchart courut le long du fossé jusqu'à un coude de la route, et, remontant sur la chaussée, prit l'allure tranquille d'un promeneur inoffensif.

Quand la charrette l'eut rejoint, il héla le conducteur :

— Hé ! citoyen ! Vous avez bien une petite place pour moi ?

— Citoyen ? répéta l'autre en lançant sur son interlocuteur un regard méfiant.

— Bon, grommela Louchart, c'est un homme d'ancien régime. J'aurais dû m'en douter...

Il ajouta sur un ton de mystère :

— Je suis un ami du comte de Bauville...

Le vieux avait arrêté sa voiture. Il examina d'un œil soupçonneux Louchart, dont les vêtements tachés de boue et de poussière ne brillaient pas par l'élégance.

— Je suis poursuivi comme émigré, dit encore le rusé compère. Ne m'abandonnez pas, au nom du roi !

— Montez, finit par consentir le paysan.

Et il poussa la haridelle, qui démarra d'un coup de collier. Chemin faisant, le voyageur s'excusa :

— Je vous ai choqué en vous appelant citoyen ? demanda-t-il. Vous n'êtes pas pour la République ?

— Faudrait voir, répondit l'homme, sans se compromettre, fidèle à ses principes de Normand.

— Oh ! avec moi, vous pouvez parler sans crainte. Je suis débarqué secrètement d'Angleterre et suis un dévoué royaliste... Seulement, par ces temps de révolution, on ne sait jamais à qui l'on a affaire. On ne saurait être trop prudent.

— Sans doute, concéda le vieillard qui, jusqu'à Bayeux, ne se départit point de sa réserve.

A l'entrée des faubourgs, Louchart prit congé de son conducteur et s'enfonça dans un dédale de petites rues sombres et malpropres.

Quelques minutes après, il heurtait à la porte du commissaire du district et demandait à l'entretenir au plus tôt.

Le conciliabule dura longtemps.

Au château de Bauville, le comte, retiré dans ses appartements, s'entretenait avec Villefranche des événements de la journée :

— Je ne crois pas, disait-il, que l'incident de ce matin doive avoir des conséquences aussi graves que tu veux bien le dire, mon bon Villefranche... Pourtant, on ne saurait s'illusionner sur des périls de la situation présente... Dans un message qu'il me fait tenir, le chevalier de la Colombe m'annonce le soulèvement de la Vendée, et me conjure de susciter ici un mouvement parallèle, pour tenter de rétablir notre jeune roi Louis XVII.

— Eh bien, Monsieur le Comte ?

— J'hésite, mon ami. Faire naître une guerre civile, pousser des Français à verser le sang de leurs compatriotes, souvent de leurs amis, parfois même de leurs parents, c'est une terrible responsabilité.

— Les jacobins, eux, ont bien tué le roi.

— Devons-nous répondre à leur crime par un autre crime ?... Non, il faut attendre. Si la provocation devient trop insolente, si nous pouvons invoquer l'excuse de légitime défense, alors il sera temps d'agir et nous aurons le bon droit pour nous...

A ce moment précis, un cabriolet s'arrêtait devant la grille. Deux hommes en descendirent.

L'un d'eux, en qui il eût été aisé de reconnaître notre Louchart, se tint prudemment à l'écart, pendant que l'autre, un officier municipal, donnait l'ordre aux quatre gendarmes qui l'escortaient de mettre pied à terre et s'engageait avec eux sur la passerelle.

Un valet de la ferme accourut.

— Ouvrez ! ordonna l'officier. Et pas un mot, ou vous êtes mort !

En même temps, un gendarme braquait sur lui son pistolet.

L'homme obéit, plus mort que vif, et demeura cloué sur place pendant que la petite troupe traversait la cour.

Au bruit des pas, Villefranche et son maître descendirent en hâte. Déjà l'officier pénétrait dans le vestibule.

— Le comte de Bauville ? interrogea-t-il.

— C'est moi, Monsieur.

— Au nom de la nation, je vous arrête !

Villefranche voulut s'interposer. Du geste, le comte arrêta son zèle.

— Je vous suis, Monsieur, dit-il à l'officier.

Puis, se tournant vers l'intendant :

— Inutile d'éveiller la comtesse, épargnons-lui une scène pénible... Mon bon Villefranche, je te la confie, ainsi que ma fille. Protège-les.

Il ouvrit les bras. Villefranche s'y jeta en pleurant et les deux anciens compagnons d'armes s'étreignirent avec force.

Enfin, les gendarmes entourèrent le prisonnier et suivirent leur chef.

Quand le comte eut pris place dans le cabriolet, le nez pointu de Louchart émergea de l'ombre.

Il regarda le cortège s'éloigner.

Puis, dès que le bruit des roues se fut éteint sur la route, que tout sembla dormir au château et dans la campagne, il quitta sa cachette et s'éloigna rapidement vers Courseulles, dans une direction tout opposée à celle que venait de prendre la voiture.

IV

Pour la troisième fois depuis l'arrestation du comte, Villefranche revenait de Bayeux sans avoir pu se renseigner sur le sort de son maître, ni connaître seulement le lieu de sa détention.

A la prison, il avait vainement interrogé le portier. Il avait passé des heures en faction devant la poterne, dans l'espoir de voir sortir, sinon le prisonnier, du moins quelqu'un qui pût lui fournir une indication.

La prison regorgeait de monde. On en avait mis un peu partout ; dans une aile désaffectée de l'évêché, dans une tour à demi ruinée, au bord de l'Aure.

Nulle part, l'intendant n'avait pu recueillir un indice quelconque.

Pourtant, quand Mme de Bauville l'interrogeait, anxieuse, au retour de chacune de ses expéditions malheureuses, il affectait la confiance, se composait un visage calme, pour lui dire :

— Nous le sauverons, Madame la comtesse, nous le sauverons.

Et ces paroles, auxquelles il ne croyait guère lui-même, rendaient un peu de courage à la pauvre femme.

Un après-midi — il y avait huit jours que le comte était prisonnier, — un valet vint annoncer à Villefranche que Jérôme, le vieil aveugle, insistait pour lui parler.

Pensant qu'il voulait demander quelque aumône supplémentaire, Villefranche le rejoignit dans la cour.

— Eh bien, maître Jérôme ? questionna-t-il.

L'autre lui prit le bras et, presque à voix basse, demanda :

— Sommes-nous seuls ?

— Sans doute... Que signifie ce mystère ?

— Chut !... Trouvez-vous à la nuit dans ma maisonnette du Clos-des-Monts... Vous apprendrez du nouveau.

— J'y serai, répondit Villefranche.

L'aveugle s'éloigna d'un pas aussi sûr que s'il eût vu parfaitement clair.

Toujours par voies et par chemins, il connaissait merveilleusement le pays. Il n'était pas jusqu'aux plus petits sentiers de traverse qui ne lui fussent familiers. Il allait toujours seul, au grand étonnement des promeneurs qui le rencontraient, se dirigeant sans hésitation, tâtant à peine le sol du bout de son bâton.

Villefranche passa le reste de la journée dans l'attente.

Quelle pouvait bien être cette communication que Jérôme avait à lui faire ?... Quoi qu'il en fût, il se garderait bien de parler à personne, même à Mme de Bauville, de l'étrange rendez-vous nocturne...

Le soir venu, il rassembla les valets de ferme, au nombre d'une dizaine, et leur renouvela ses instructions quotidiennes : n'ouvrir la grille sous aucun prétexte ; faire, à tour de rôle, des rondes dans le parc ; le prévenir au premier danger.

Il appela le fermier.

— Jean-Pierre, je vais pousser une reconnaissance du côté de Courseulles. En cas d'alarme, tire trois coups de feu pour m'avertir.

— Entendu.

Villefranche s'éloigna par la grand'-route qui partait directement du château pour descendre vers la mer.

La lune se levait, ronde et toute blanche. Les étoiles allumaient leurs mille petites flammes clignotantes.

A droite, brusquement, le terrain s'abaissa. Une colline dévalait une pente raide jusqu'à la rivière brillante comme une lame d'acier.

Villefranche prit un sentier qui serpentait au flanc du coteau, entre les pommiers noueux, pareils à des gnomes difformes.

En bas, le rectangle lumineux d'une fenêtre éclairée brillait dans la nuit. C'est vers ce point qu'il dirigea ses pas.

Arrivé devant la cabane, il en heurta l'huis par trois fois, à intervalles réguliers.

Une voix cria de l'intérieur :

— Qui va là ?

— Villefranche !

La porte s'ouvrit et la silhouette courbée de Jérôme apparut sur le seuil de l'unique pièce du logis.

— Soyez le bienvenu !

Dans l'âtre, une bourrée crépitait,

lançant par instants de courts éclairs.

D'un coup de botte, Villefranche dispersa les sarments. Le foyer s'embrasa ; des lueurs dansèrent dans les rideaux à fleurs de l'alcôve ; des ombres fugitives se dessinèrent.

— Eh bien, maître Jérôme ? interrogea Villefranche en prenant place sur un escabeau, sous le manteau de la cheminée.

— J'ai des nouvelles de M. le comte.

— Parle, vite !

— Il est incarcéré dans la tour de l'Est.

— Dans la tour de l'Est ?... Tu en es sûr ?

— Mon fils, Constant, l'a vu.

— De grâce, explique-toi, implora Villefranche.

L'aveugle s'assit sur un tabouret, tout près de son hôte :

— Voilà, poursuivit-il. Si je vous ai demandé de venir ici, ce n'est pas seulement pour vous apprendre où se trouve le comte de Bauville, mais parce que je crois pouvoir vous proposer un moyen de le faire évader.

— Oh ! si tu faisais cela Jérôme, je t'aurais une reconnaissance éternelle.

— J'accomplis mon devoir en tentant de sauver M. le comte ; lui et sa famille se sont toujours montrés si charitables envers moi !... Donc, Constant, mon garçon, a été enrôlé par les républicains pour servir dans leur garde nationale... Aujourd'hui, j'étais à Bayeux, où je vais souvent, comme vous savez, promener mon petit éventaire de colporteur ; je rencontre Constant qui me cherchait, et voici ce qu'il m'expose en deux mots : M. le comte est enfermé dans la tour de l'Est. Un factionnaire demeure jour et nuit dans sa cellule dont l'unique fenêtre donne sur l'Aure qui coule au pied même de la tour. A cette époque de l'année, l'Aure est grossie par les pluies ; on la peut donc remonter en bateau. « Qu'un homme dévoué attende sous la fenêtre, la nuit prochaine, m'a dit Constant, je serai de garde, et, quand la demie après minuit sonnera, je descendrai avec M. le comte. »

— J'y serai ! s'écria Villefranche. Ah ! mon bon Jérôme, comme je te remercie !... Je vais m'occuper de trouver une embarcation...

— J'y ai songé, interrompit Jérôme.

Il achevait à peine qu'on frappait à la porte, à trois reprises.

— C'est un ami, fit-il en se levant pour ouvrir.

Et presque aussitôt, un superbe gaillard, à la carrure imposante, le visage tanné, encadré d'un collier de barbe rousse, apparut en pleine lumière.

— Salut, la compagnie ! dit-il d'une voix forte en touchant le bord de son bonnet de laine.

Jérôme présenta :

— Le capitaine Mériel.

Le nouveau venu prit place au foyer.

Mériel était le plus fin marin de la côte. Son sloop, la Couleuvre, ne craignait pas un rival à la course. Avec vent arrière,

toutes voiles dehors, il filait en rasant l'eau, comme un grand oiseau blanc.

On chuchotait, sous le manteau, que le capitaine avait aidé plus d'un noble à émigrer en Angleterre ; les mauvaises langues prétendaient même qu'il se livrait à la contrebande ; mais ce diable de Mériel était si aimé à Courseulles et... si redouté, que l'autorité n'avait jamais osé intervenir ni mettre le nez dans ses affaires.

— Or ça, maître Villefranche, demanda-t-il, avez-vous des nouvelles de M. le comte ?... Morbleu, si vous avez besoin de moi pour le tirer des griffes des jacobins, je suis votre homme.

— Précisément, lança Jérôme, c'est pour cela que je vous ai fait venir.

L'aveugle développa de nouveau le plan qu'il venait d'exposer à Villefranche ; puis il ajouta :

— Il m'a semblé qu'il serait plus sûr, pour ne pas éveiller les soupçons, d'accomplir le voyage par mer...

Mériel ne le laissa pas achever.

— Sufficit, dit-il, et voilà qui tombe à merveille. J'appareille demain matin pour conduire à Isigny le commissaire du district qui vient de Caen et rejoint Bayeux par la côte. Je vous prends à bord, maître Villefranche, si toutefois la compagnie de ce fonctionnaire ne vous est pas trop désagréable...

— Elle sera peut-être gênante, insinua l'intendant.

— N'en croyez rien ; je me charge de tenir le commissaire en respect. Il ne servira qu'à nous faciliter le voyage.

Et il partit d'un franc éclat de rire, à la pensée du nouveau tour qu'il préméditait à l'adresse de l'autorité.

Les deux hommes prirent congé de Jérôme.

— Demain, fit celui-ci en les reconduisant jusqu'au seuil de sa cabane, je me rendrai à Bayeux pour avertir Constant de se tenir prêt.

— Entendu !

Au haut du sentier, Villefranche et Mériel se séparèrent.

— A demain matin, 8 heures, maître Villefranche.

— A demain.

Et chacun tira de son côté.

Le lendemain, Villefranche, après avoir fait ses recommandations au fermier, quittait Bauville et se dirigeait vers Courseulles. Il n'avait pas fait part de ses projets à la comtesse, afin de lui éviter une nouvelle déception en cas d'échec. Il marchait d'un pas rapide, dans l'air glacial du matin. De la route, on apercevait le port de Courseulles où la Couleuvre se balançait mollement. Pour éviter la traversée du village, Villefranche prit à travers champs par une sente qui longeait la rivière. Il atteignit le port par le fond. En approchant du sloop, il reconnut Mériel sur le pont.

— Embarquez vite, lui cria celui-ci dès qu'il fut à portée de la voix.

Villefranche obéit et, tout de suite, le

navire se détacha du quai et se mit en mouvement, lentement, halé jusqu'au bout des jetées par quatre gars vigoureux. On hissa les voiles, la *Couleuvre* prit le vent, s'inclina doucement sous la caresse de la brise et cingla vers l'Ouest d'un vol rapide.

Mériel était à la barre. Villefranche vint s'asseoir à côté de lui, sur un paquet de cordages.

— Diable, fit le capitaine, avec ce vent-là, nous arriverions trop vite... Il ne faut pas que nous soyons à Isigny avant la nuit... Je vais tirer des bordées.

— Et le commissaire ? interrogea Villefranche.

— Il est dans la cabine..... Tenez, justement le voici.

En effet, un petit homme replet, ceint d'une écharpe tricolore, coiffé d'un chapeau à plumes, montait péniblement l'escalier de la chambre en se cramponnant aux rampes de filin. Visiblement, il n'avait pas le pied marin.

— Combien de temps nous faut-il pour accomplir la traversée ? demanda-t-il.

— Pare à virer ! cria Mériel sans répondre à la question.

Les hommes d'équipage coururent aux écoutes, en bousculant quelque peu le commissaire.

— A Dieu vat !...

Mériel avait donné un coup de barre. La *Couleuvre* fit une brusque embardée ; les voiles ralinguèrent en claquant dans le vent. La brigantine, en changeant de bord, atteignit le commissaire à la tête ; son chapeau roula sur le pont. Très effrayé, il s'aplatit sur l'escalier.

— Vous allez vous faire tuer, citoyen, et vous gênez la manœuvre, dit Mériel. Rentrez dans la chambre.

Le commissaire ne se fit pas prier. Il disparut en toute hâte, sans se soucier de son couvre-chef qu'un matelot avait ramassé.

On ne le revit pas de la journée.

Il faisait nuit noire quand la *Couleuvre* entra dans la petite baie d'Isigny. Il pouvait être 7 heures du soir.

On soupa sommairement ; après quoi, le capitaine, désignant un canot amarré à l'arrière du sloop, dit à Villefranche :

— C'est dans cette embarcation que vous remonterez l'Aure. Elle est à fond plat, ce qui vous permettra de passer partout... Vous partirez à 9 heures, ce n'est pas trop tôt, car vous aurez deux heures de rivière à remonter... Au retour, vous laisserez le canot à Saint-Vigor. Un de mes hommes vous accompagnera et le ramènera ici.

— Et le commissaire ?

— Je me charge de le garder.

Une demie sonna, puis 8 heures, puis une demie encore. Le moment du départ approchait.

Tout à coup, la porte de la cabine s'entr'ouvrit, et la figure joufflue du commissaire se montra dans l'entre-bâillement.

— Nous sommes arrivés. Comment ne me prévenait-on pas ?... Je veux qu'on me conduise à terre !

Maintenant qu'on n'était plus en pleine mer et qu'il se sentait en sûreté, le fonctionnaire reprenait toute son arrogance.

Mériel se précipita :

— Rentrez vite, citoyen.

Mais l'autre s'entêtait :

— Je veux qu'on me débarque, et tout de suite !

— Rentrez, vous dis-je, répéta, en haussant le ton, Mériel qui s'impatientait. La nuit est fraîche, et vous risquez de prendre le serein... Je réponds de votre santé devant la nation ; je ne souffrirai pas que vous vous enrhumiez par imprudence..

Il fallut céder.

Le capitaine tira la porte sur son prisonnier et donna un tour de clé.

Revenant vers Villefranche, il se baissa pour ramasser un objet qui traînait à ses pieds.

— Le chapeau du commissaire... Oh ! il me vient une idée lumineuse. Coiffez-vous-en, Villefranche. On vous prendra pour un haut fonctionnaire de la République, et, loin de vous inquiéter, les bleus vous salueront, au cours de votre expédition.

L'intendant sourit à la drôlerie du subterfuge.

Une horloge tinta neuf coups.

— C'est l'heure... Bonne chance.

Avec un matelot, Villefranche prit place dans l'embarcation qui s'enfonça dans l'ombre, entre les coques des navires endormis. Seul, le rythme régulier des rames frappant l'eau en cadence troublait le silence.

Peu à peu, l'estuaire se rétrécit, jusqu'à l'entrée de la rivière, large de quatre toises.

Soudain, une voix s'éleva, impérieuse, pour héler :

— Ohé, du canot !

— Commissaire du district, répondit le matelot.

— Avance à l'ordre !

Vivement, Villefranche coiffa le chapeau à plumes. L'embarcation vint se ranger le long du bord. Un soldat se pencha, vit le panache, salua.

Les rames reprirent leur mouvement rythmique.

La barque glissait lentement, au milieu du cours d'eau peu profond. L'obscurité, en ne permettant point de distinguer les berges submergées par l'inondation, rendait le voyage plus difficile.

En approchant de Bayeux, le matelot rangea ses rames trop bruyantes, et prit une gaffe pour pousser l'embarcation.

Dans la tour de l'Est, monument presque en ruine, datant de Guillaume le Conquérant, le comte de Bauville occupait seul une cellule assez vaste, au premier étage, et dont l'unique fenêtre, comme nous l'avons dit, donnait sur l'Aure.

Cette fenêtre était défendue par deux barreaux de fer, d'aspect imposant. Mais la pierre où ils étaient scellés était si effritée

par les injures du temps qu'on les ébranlait facilement. Les arracher devait être
jeu d'enfant.

A minuit, heure où Villefranche passait
dans son canot, à hauteur des premières
maisons des faubourgs, Constant prenait
la garde dans le cachot du comte.

Dès qu'il y fut entré, la porte se referma
sur lui lourdement ; les verrous grincèrent.

Bauville sommeillait, tout habillé, sur
son lit de camp, sans paraître se soucier
du changement de factionnaire.

Le fils de Jérôme s'approcha de lui,
l'appela à voix basse :

— Monsieur le comte !

Le dormeur sursauta, se dressa sur son
séant :

— Que me veut-on ? demanda-t-il,
encore mal éveillé.

— Je vous apporte le salut, répondit
l'autre vivement.

Le comte eut un mouvement de défiance.
il croyait avoir affaire à quelque provo-
cateur, désireux de simuler une évasion
pour le perdre plus sûrement en aggravant
son cas.

— Qui êtes-vous ?

— Constant, le fils du vieux Jérôme,
l'aveugle.

Ce disant, le soldat tira de sa poche une
chandelle qu'il alluma.

A la clarté fumeuse, le comte l'examina
une seconde.

— Oui, fit-il enfin, je te reconnais...
Excuse mon peu de confiance : je ne m'attendais à rencontrer ici que des ennemis...
Comment as-tu réussi à pénétrer jusqu'à
moi ?

— Je vous l'expliquerai plus tard, Monsieur le comte. L'important pour l'instant
est de sortir d'ici au plus tôt.

— Mais le moyen ?

— Fiez-vous à moi... Vos amis veillaient
sur vous de loin. Tout à l'heure, une barque
se tiendra sous la lucarne de votre cellule... Nous n'avons pas une minute à
perdre vite à l'ouvrage !

Constant tira la table sous la fenêtre. Il
y monta, saisit un des barreaux à deux
mains, le secoua de toutes ses forces.

— Bon, dit-il, ce ne sera pas très dur,
les pierres ne tiennent pas.

Il prit sa baïonnette, l'enfonça dans un
interstice, s'en servit comme d'un levier.
Une grosse pierre se détacha. Le barreau
céda à une dernière poussée.

Au même moment, un bruit de pas retentit dans l'escalier.

— La ronde !... prévint le comte à mi-
voix.

Il courut se jeter sur son lit.

Constant sauta à terre, souffla la chandelle, éloigna la table.

Il était à son poste, l'arme au pied, quand
la porte s'ouvrit.

Un bras armé d'une lanterne se glissa
par l'entre-bâillement. Une tête parut ; une
voix questionna :

— Rien à signaler ?

— Rien, sergent.

La porte se referma ; les verrous, de nou-
vau, grincèrent ; les pas s'éloignèrent.

L'horloge de la tour sonna une demie.

— C'est le moment, dit Constant.

Il rétablit son échafaudage.

Le comte arracha les draps du lit, les
coupa en deux dans la longueur, en noua
les morceaux bout à bout.

On fit descendre cette corde improvisée
par la fenêtre, on en fixa l'extrémité au
barreau qui restait.

Constant, penché au dehors, appela :

— Villefranche !

— Présent, répondit une voix, d'en bas.

Le soldat s'écarta :

— A vous l'honneur, Monsieur le comte.
Passez le premier.

Bauville se hissa jusqu'à la fenêtre, l'en-
jamba, se laissa glisser dans la barque où
Villefranche le reçut. Constant prit le même
chemin.

Dès qu'ils furent installés, le canot gagna
le milieu de la rivière, suivit le courant,
silencieusement.

Muets, les quatre voyageurs se tenaient
au fond du bateau, sans oser un mouvement.

Alors seulement, qu'on fut sorti de
Bayeux, le comte respira :

— Sauvé !... Merci, mes amis.

Il serra les mains qui se tendaient.

— A quelle heure la prochaine ronde
dans la tour ? demanda Villefranche.

— A 2 heures.

— Bon, fit le matelot, je serai loin et
vous aussi, quand on remarquera la fuite
du prisonnier.

A Saint-Vigor, les trois personnages
débarquèrent.

Avant de s'éloigner, le matelot s'écria
plaisamment :

— Hé ! maître Villefranche, vous em-
portez le chapeau du commissaire.

— C'est juste, repartit Villefranche en
riant. Le bien d'autrui tu ne prendras...

Il rendit le tricorne empanaché que le
marin cacha sous un banc.

— Nous lui rendrons sa défroque sans
qu'il se doute de l'usage que nous en avons
fait... Bon voyage.

Les fugitifs n'étaient pas d'humeur à
s'attarder sur la grand'route.

Ils se jetèrent à travers champs, se dirigèrent vers Bauville par des sentiers à
peine tracés.

Tout à coup, comme ils longeaient le bois
attenant au château de Brécy, le canon
gronda dans le lointain.

— On annonce notre évasion, fit le comte
assez haut.

— Bon, qu'ils nous cherchent ! riposta
Constant.

Il n'avait pas achevé que trois ombres
se dressèrent, brusquement surgies d'un
fourré, en même temps qu'une voix sourde
prononçait :

— Nous vous trouvons sans vous chercher, Monsieur le comte de Bauville.

Déjà, Villefranche braquait un pistolet,

le comte et Constant se mettaient sur la défensive.

— Ne tirez pas, morbleu ! s'écria la même voix. Nous sommes des amis !

Celui qui venait de parler, un rude gars à la carrure athlétique, démasqua une lanterne sourde dont il dirigea la lumière successivement sur son propre visage et sur celui de ses deux compagnons.

— Vous connaissez bien les fils du capitaine Mériel, que diable ?... Moi, Brave-la-Mort ; mes deux frères, Happe-Galette et Frappe-d'Abord.

— Quels sont ces noms ? interrogea le comte surpris.

— Ce sont nos noms de guerre, ceux que nous nous choisissons pour combattre sous vos ordres, Monsieur le comte ; car il est probable que vous n'allez pas attendre dans votre château que les bleus viennent vous reprendre.

Faisant allusion à l'entretien qu'il avait eu avec son maître le soir même de son arrestation, Villefranche prit la parole à son tour :

— C'est vrai, Monsieur le comte, les hésitations ne sont plus permises. Il nous va falloir imiter les royalistes de Vendée.

Bauville hésitait : rester chez lui, il n'y pouvait songer ; émigrer lui paraissait une sorte de désertion. Une seule solution demeurait possible : défendre sa liberté, sa vie, en même temps que les intérêts de la royauté.

Il se décida.

— Soit, dit-il enfin, j'accepte vos offres... Mais que ferons-nous ? Nous sommes trop peu nombreux.

— Rassurez-vous, Monsieur ; il ne manque pas de gars de notre trempe, d'une bravoure et d'une fidélité à toute épreuve... Fixez-nous un rendez-vous, nous y serons avec nos recrues.

— Eh bien donc ! demain, à minuit, dans la forêt de Cerisy, aux Quatre-Chemins.

— A demain, répétèrent en chœur les trois hommes.

Ils allaient s'éloigner.

— Encore un mot, fit le comte. Quel hasard nous a fait vous rencontrer ici ?

— Nous vous suivions depuis Saint-Vigor. Le père nous avait commandé de veiller sur vous.

— Merci, mes amis... A demain.

Deux heures après, les trois fugitifs arrivaient devant la grille du château de Bauville.

Là, Constant prit congé du comte et de Villefranche.

— Je vais embrasser mon vieux père. Les bleus ne viendront pas me dénicher dans sa cabane... Je serai fidèle au rendez-vous, à Cerisy.

Il faisait nuit.

Sur le pont de bois, Villefranche pesta contre la lenteur des valets endormis et sourds à ses appels.

— Pour sûr, les pendards nous laisseront mourir de froid... Holà, quelqu'un !

— Qui va là ? demanda-t-on de la cour.

— Moi, Villefranche... Allons, maraud, qu'on nous ouvre sur l'heure. C'est ainsi qu'on monte la garde en mon absence ?... La peste soit des dormeurs !

Tout en maugréant, l'intendant passait, suivi du comte, devant le laquais ahuri.

Celui-ci, la porte refermée, ne put retenir un cri d'étonnement à la vue de son maître dont il n'attendait pas le retour.

— Monsieur le comte, voilà Monsieur le comte !...

— C'est cela, animal, bougonna Villefranche, moitié rieur, moitié fâché, crie bien haut, pour qu'on vienne reprendre ton maître.

Les gens de la ferme accouraient. Des lanternes circulaient, on s'empressa autour des arrivants.

Au bruit, la comtesse s'éveilla.

Vêtue d'un peignoir, ses pieds nus dans des mules, elle descendit en hâte pour s'enquérir des causes de ce tumulte.

Au pied de l'escalier, elle tomba dans les bras de son mari qui avait traversé déjà le vestibule. De joie, elle faillit s'évanouir. Le comte dut la porter dans la bibliothèque, la déposer sur les coussins d'une bergère. Il se mit à ses pieds, couvrit de baisers les mains qu'elle lui abandonnait.

Revenue de son émotion, elle exigea qu'il lui contât les circonstances de sa fuite ; elle voulait tout savoir jusqu'aux moindres détails.

Dans l'âtre, on alluma les bûches qu'flambèrent, éclairant le dos des volumes alignés sur tous les murs derrière le mince treillage doré.

— Combien j'ai souffert, mon ami, à l'idée des dangers qui vous menaçaient. Je ne vivais plus... Enfin, Dieu soit loué, vous m'êtes rendu ! Et pour ne plus me quitter ?

— Hélas ! soupira le comte.

— Eh quoi ! vous songeriez à m'abandonner ?

— Puis-je demeurer ici ? Demain, peut-être, on viendrait m'y chercher.

— C'est vrai.

— Ce qui me désole, c'est de vous laisser seule.

— Oh, moi, je ne crains rien. Je suis votre femme, et à ce titre je dois être brave.

— Vous êtes exquise déclara le comte, touché. D'ailleurs, je ne m'éloignerai guère de cette demeure et je veillerai sur vous et sur notre chère Antoinette.

— Que comptez-vous faire ?

M. de Bauville exposa ses projets, parla du rendez-vous dans la forêt de Cerisy, aux Quatre-Chemins.

Le jour peu à peu se levait. L'aube faisait pâlir la clarté des bougies.

— Avant de m'éloigner, dit le comte, je veux vous montrer un passage qui vous permettra de fuir, en cas d'alarme, sans être inquiétée. Munissez-vous seulement de vêtements plus chauds, pour entreprendre ce voyage souterrain.

La comtesse s'empressa. Elle revint bientôt, enveloppée d'une ample cape, les pieds chaussés de forts souliers.

Bauville prit un candélabre sur la cheminée, marcha droit vers un angle de la pièce.

Là, il déplaça un volume. — le dernier de la troisième rangée, ainsi qu'il le fit remarquer à sa femme — et fit jouer un ressort.

Aussitôt, tout un panneau de la bibliothèque se mit à tourner comme une simple porte, découvrant un étroit réduit où le jour ne pénétrait par aucune ouverture.

— Voici, dit-il en s'effaçant pour laisser passer la comtesse, une première cachette suffisamment sûre, puisque je suis seul à en connaître l'existence. Mais il faut en sortir. Vous allez voir que nos ancêtres, les propriétaires de l'ancien château, avaient tout prévu.

Ce disant, il appuya sur un bouton dissimulé au centre d'une rosace sculptée dans la pierre de la muraille.

Une dalle se déplaça, laissant voir à leurs pieds les premières marches d'un escalier qui descendait dans le noir.

La comtesse eut un involontaire mouvement de recul et se serra contre son mari.

Un air épais et froid, comme les brouillards d'automne, sortait du souterrain et faisait vaciller la flamme des bougies.

— Ce passage, expliqua le comte, aboutit au bois des Roches... Veuillez m'excuser si je prends les devants, la galerie est trop étroite pour qu'on y puisse passer deux de front.

Elevant son flambeau, il s'engagea le premier sur les degrés rapides. Sa femme le suivit. Il dut, au bas de l'escalier, lui donner la main pour l'empêcher de glisser sur la mousse verdâtre qui tapissait le sol.

Après quelques minutes de marche qui parurent longues aux deux explorateurs, un mur tout à coup se dressa, fermant le souterrain. Bauville fit jouer un ressort dissimulé dans une anfractuosité de la roche, et un bloc énorme se déplaça, aussi aisément que se fût ouverte une simple porte, pour démasquer un étroit passage, accédant à une grotte naturelle. Un épais fourré en cachait l'entrée. Tout autour, de vastes carrières abandonnées mettaient le mystère de leurs voûtes sombres, supportées par des piliers massifs.

— Ce sentier, dit le comte en le désignant à la jeune femme, mène directement à Reviers. Cet autre rejoint le cours de la Seulles. En le suivant, on atteint la cabane de Jérôme, un ami sur lequel vous pouvez compter.

En revenant par le souterrain, il expliqua encore à la comtesse le secret qui commandait les deux issues, le moyen d'ouvrir et de fermer, soit qu'on se trouvât au dedans ou au dehors.

Il faisait grand jour quand ils rentrèrent dans leur appartement.

— Il est temps de nous séparer, dit le comte tristement. Ma sûreté, la vôtre en dépendent... Du courage, mon amie ! Songez

que l'on est peut-être en route pour me chercher.

Mme de Bauville se jeta dans les bras de son mari.

— Je tâcherai d'être forte ; mais, hélas ! pourquoi nous séparer encore ? Que ne puis-je vous suivre, partager vos dangers ?

— Est-ce possible avec notre enfant, et consentirez-vous à la laisser seule ?... Non, n'est-ce pas ?

— Vous avez raison. Adieu donc, mon ami !

— Pas adieu, au revoir !

Yvonne amenait Marie-Antoinette. Le comte l'embrassa passionnément et partit, sans se retourner, avec Villefranche.

V

Minuit. Dans la forêt de Cerisy, obscurité complète : les faibles rayons de la lune ne parvenaient pas à percer l'entrelac serré des branches.

A peu de distance des Quatre-Chemins — carrefour formé par l'intersection de deux sentiers en croix, — un fourré à peu près impénétrable, grâce à l'enchevêtrement des ronces, se dressait comme un rideau protecteur devant une clairière que fermait au fond un amoncellement de roches inaccessibles.

Assis sur un tronc d'arbre, devant un maigre feu de branches mortes, le comte et Villefranche attendaient leurs hommes.

Par instant, une flamme s'élevait des sarments, sous le souffle de la bise âpre, éclairant d'une lueur brève la majesté du décor.

Un peu à l'écart, les chevaux entravés broutaient l'herbe rase de la clairière.

Le comte consulta sa montre.

— Minuit... Nos amis vont arriver.

Comme il achevait ces mots, une chouette fit entendre sa plainte lugubre, dans le silence de la nuit.

Villefranche se dressa vivement :

— Ce sont eux, annonça-t-il.

Il répondit par un cri semblable.

Les chevaux tiraient sur leur longe, donnaient des signes d'inquiétude.

Bientôt, des pas résonnèrent sur le sol durci ; des branches craquèrent... Dans le cercle lumineux projeté par le maigre foyer, les hautes silhouettes des trois frères : Brave-la-Mort, Happe-Galette et Frappe-d'Abord apparurent.

A leur ceinture, l'acier des pistolets luisait sous les vestes courtes, sans basque. Au-dessus des galoches, de fortes guêtres serraient la jambe, maintenaient le bas de la culotte bouffante.

— Salut !

— Salut, mes amis. Vous êtes seuls ?

— Les autres vont venir. Ils seront exacts, j'en réponds.

Les trois hommes, leurs fusils déposés contre un arbre, s'approchèrent du feu.

Des minutes passèrent.

De nouveau, des pas martelèrent la terre dure du sentier.

Brave-la-Mort poussa le même cri que tout à l'heure. Le silence se fit, puis une plainte semblable, une modulation lugubre, répondit.

Par la droite, quatre hommes survinrent; deux débouchèrent par la gauche; d'autres encore arrivèrent.

Ils formèrent le cercle; on se compta.

— Sommes-nous au complet ? interrogea le comte.

— Non. Il manque quatre camarades.

— Bon... nous serons vingt. C'est peu, sans doute; mais avec des gens déterminés, c'est un commencement.

Encore une fois, le hululement de la chouette retentit, tout proche. Un homme, presque aussitôt, sortit de l'ombre.

Brave-la-Mort l'interpella :

— Tu es seul, Fleur-d'Epine ?

— Les amis sont arrêtés aux Quatre-Chemins... Nous amenons un prisonnier.

— Un prisonnier ! s'exclama le comte surpris. Déjà !

— Oui, Monsieur le comte, un gamin que nous avons trouvé, en assez fâcheuse posture d'ailleurs, au bois des Roches. Il était ficelé à un arbre, les vêtements arrachés, à demi-nu.

— Qui l'avait accommodé de la sorte ?

— Les bleus, à ce qu'il nous a dit... Nous l'avons délivré et nous nous disposions à le laisser aller, quand il s'est réclamé de M. le comte de Bauville. Alors, nous l'avons amené avec nous.

Soudain, un autre individu, qu'on n'avait pas entendu venir, se précipita au milieu du cercle, en criant :

— Le château de Bauville est en feu !

Ce nouveau venu, un valet de ferme du château, s'écroula plutôt qu'il ne s'assit, sur le tronc d'arbre, brisé de fatigue et d'émotion. Il épongea son front en sueur.

Quand il fut un peu remis, on le questionna; mais il fut incapable de fournir un renseignement précis.

Il avait vu les bleus entrer dans le parc. Pris de peur, il s'était enfui.

Après une course assez longue, parvenu sur une hauteur, il s'était retourné; il avait aperçu une lueur dans la direction de Bauville. Il en concluait que les républicains avaient incendié le château.

On n'en put rien tirer de plus.

— Si l'on interrogeait le prisonnier de Fleur-d'Epine ? proposa Frappe-d'Abord. Puisqu'il se trouvait au bois des Roches, il sait peut-être quelque chose.

Le comte approuva.

Fleur-d'Epine courut rejoindre ses compagnons et revint, peu après, accompagné de trois hommes au milieu desquels marchait un jeune garçon d'une quinzaine d'années, pieds nus, les cheveux en désordre, les vêtements déchirés.

En l'apercevant, le comte et Villefranche s'écrièrent d'une seule voix :

— Pierre !

Et d'un même geste, ils tendirent les bras. Pierre — car c'était bien lui, en effet, — s'y précipita. On s'embrassa cordialement, à la grande surprise des assistants.

Le comte présenta Pierre à ses hommes. Il leur dit en quelques mots le service que le fils de Piperel leur avait rendu, à la comtesse et à lui, lors de leur passage à Mantes.

— Il est digne de votre affection, conclut-il. C'est un brave.

Un murmure d'approbation s'éleva. Un sourire admiratif éclaira les visages farouches. Des figures barbues s'approchèrent pour examiner de tout près le jeune gars, « joli comme une fille et courageux comme un homme », au dire de Villefranche.

M. de Bauville se rappela soudain sa conversation avec Piperel. Il eut un funèbre pressentiment et demanda :

— Il n'est pas arrivé malheur à ton père ?

— Non, Monsieur le comte ; c'est lui qui m'envoie vers vous... Vous avez sans doute remarqué qu'il n'avait guère de sympathie pour la Révolution. Le meurtre du roi n'a pas modifié ses opinions, au contraire... Quand il a su que la Vendée s'était soulevée, que la Normandie l'imitait, que les régiments qui traversaient notre ville se disposaient à combattre les royalistes, qu'on faisait partout des levées d'hommes, il a craint que, malgré mes quinze ans à peine sonnés, on ne m'enrôlât de force. Pour rien au monde, il n'eût voulu me voir dans les rangs des républicains. Alors, l'idée lui est venue de m'envoyer vers vous.

— Comment as-tu fait le voyage ?

— A pied, donc !... J'ai quitté Mantes, voici trois jours, derrière un bataillon de marche que j'ai suivi jusqu'à Caen. De là, j'ai gagné Bauville. A l'entrée du village, je vis des gens qui s'enfuyaient, affolés, dans la campagne, en criant : « Au feu ! le château brûle !... » J'y courus aussitôt : un hangar flambait...

— Et le château ? demanda Villefranche.

— Il est intact.

— Tu en es sûr ?

— Absolument certain : vous allez voir comment...

J'arrive devant la grille, elle était ouverte ; je la franchis. Personne dans la cour. Je pousse jusqu'à la maison ; toujours personne. J'entre, j'appelle, je parcours toutes les pièces, du rez-de-chaussée aux combles, sans rencontrer personne...

— Elles avaient fui par le souterrain, dit le comte, bas, à l'oreille de Villefranche.

— Comme j'allais sortir de la maison, poursuivit l'enfant, je me trouve face à face avec les bleus qui se disposaient à y entrer pour la piller ou l'incendier. A ma vue, ils poussent un cri de triomphe : « Un brigand ! Un brigand ! » Et ils me traînent devant un vilain petit homme qui, jusque-là, s'était tenu à l'écart, mais que je reconnus tout de suite pour l'individu qui m'avait posé, à la sortie de Mantes, des questions si indiscrètes.

— Quel individu, et quelles questions ? interrogea M. de Bauville, sans comprendre.

— C'est vrai, vous n'êtes pas au courant.

En quelques mots il narra sa rencontre avec Louchart, au moment où il venait de quitter les voyageurs qu'il avait aidés à traverser le camp des patriotes, à Mantes. Il en fit un portrait aussi fidèle que possible.

— Tiens, mais, se dit Villefranche qui crut reconnaître à cette peinture les traits de l'ancien laquais, serait-ce, par hasard, notre espion de Paris qui nous aurait suivis jusqu'ici ?

Puis à l'enfant :

— Tu disais qu'à Mantes il t'interrogea sur le chemin que nous avons suivi... Que répondis-tu ?

— Je lui indiquai la route exactement opposée à celle que vous veniez de prendre, riposta Pierre au milieu des rires de l'assistance.

— Brave gamin ! s'écria Villefranche, dont l'admiration ne connaissait plus de bornes.

Le comte intervint :

— Laissons-le poursuivre son récit... Continue, Pierre. Que firent les bleus quand tu fus devant le vilain petit homme en question ?

— Ils lui demandèrent ce qu'il fallait faire de moi... Au regard haineux de ses yeux clignotants, je compris tout de suite qu'il me reconnaissait, lui aussi, et qu'il allait se venger. A la question de ses hommes, il répondit après un instant de réflexion : « Emmenons-le à Bayeux. » Et il donna le signal du départ. On me plaça au centre de la troupe qui se mit en marche... Au sortir du village, nous prîmes un sentier qui descendait, vers la gauche, dans la vallée. Nous arrivâmes à un petit bois. Comme nous y entrions, nous rencontrâmes un vieillard qui nous arrêta... Les bleus et surtout leur chef témoignaient en lui parlant d'une certaine déférence. Ils l'appelaient Socrate ; un drôle de nom...

— Ah ! oui, Socrate de Courseulles, interrompit Fleur d'Epine. Un brave homme, quoique jacobin... S'ils lui ressemblaient tous !...

— Le vieillard interpella mes gardiens : « Où conduisez-vous cet enfant ? demanda-t-il. — A Bayeux. — De quel crime s'est-il donc rendu coupable ?... » L'homme de Mantes raconta sans doute ses griefs contre moi, le tour que je lui avais joué ; mais je ne distinguai pas ses paroles, car il s'était éloigné avec son interlocuteur. Je vis seulement que Socrate riait en l'écoutant... Puis la voix du vieillard parvint jusqu'à moi. J'entendis qu'il prenait ma défense : « La Nation ne saurait venger les injures faites aux citoyens, disait-il. En admettant que ce gamin t'ait trompé sciemment, il est coupable tout au plus d'espièglerie. Si tu tiens à le punir, traite-le en enfant

espiègle... » Tous deux se mirent à parler bas ; puis mon ennemi fit signe à un soldat de s'approcher. Il lui dit quelques mots à voix basse. Le soldat, un Hercule, acquiesça d'un geste, revint vers moi, et, avant que j'aie pu seulement songer à résister, il m'avait saisi, me courbait contre lui et, mes vêtements arrachés, m'infligeait un châtiment auquel mon père avait recours lorsque j'étais plus petit !... Ah ! malheur à mon persécuteur si je me retrouve en face de son museau de fouine ! Il me payera cher l'humiliation qu'il m'a fait subir, le lâche !

— Nous ne savons toujours pas, interrompit le comte, comment il se fait que nos amis t'ont trouvé lié à un arbre.

— J'y arrive... Au moment où l'intervention de Socrate mettait fin à mon supplice, une clameur s'éleva brusquement : « Les brigands !... Voilà les brigands !... » Aussitôt, les bleus me poussent contre un arbre, m'y ligottent étroitement et prennent la fuite sans demander leur reste...

— C'est alors que nos amis vinrent te délivrer ?

— Pas tout de suite : je les entendais bien aller et venir à travers le bois ; mais je n'osais pas les appeler. Pouvais-je compter sur l'appui de brigands ? Je craignais pour ma montre, celle que vous m'avez donnée, Monsieur le comte, et qui avait échappé aux bleus.

M. de Bauville se mit à rire.

— Ce sont les royalistes, les chouans, expliqua-t-il, que les républicains gratifient de ce surnom flatteur.

— Je m'en suis aperçu quand ceux qui avaient si fort effrayé les bleus eurent parlé de me conduire auprès de vous. C'était tout ce que je demandais.

— Et maintenant ? interrogea le comte.

— Maintenant, Monsieur, je n'ai qu'un désir : demeurer auprès de vous si vous y consentez.

— Soit...

Le comte réfléchit une seconde.

— Soit. Je vais te donner un poste de confiance : Villefranche te conduira à Bauville où tu resteras à la disposition de la comtesse. Tu veilleras sur elle et sur ma fille ; tu les défendras au besoin... Aujourd'hui, elles ont échappé au péril, j'en ai la conviction ; mais une autre fois, seules et sans appui, elles pourraient être moins heureuses. Je te les confie... Acceptes-tu ?

Pierre consentit d'enthousiasme.

Le comte s'était levé. Il fit signe à ses hommes de le suivre et s'engagea entre les rochers, par un sentier mal tracé, encombré de ronces, jusqu'à une ouverture presque invisible du dehors. Un long couloir conduisait à une ancienne carrière abandonnée. A droite, une petite pièce servait d'écurie. Des chevaux frais y reposaient sur une litière confortable. Au fond, deux vastes salles en enfilade prenaient à la lueur des torches un aspect féerique, avec leurs larges piliers de calcaire, d'une architecture étrange.

Dans l'un de ces piliers tournait un escalier en vis, habilement dissimulé, et qui permettait de gagner, en cas de surprise, le sommet du coteau pour échapper à l'ennemi.

— Voici notre forteresse, fit M. de Bauville. C'est ici que nous nous retrouverons après chaque expédition... A dater d'aujourd'hui, une vie nouvelle commence pour nous. Avant de l'entreprendre, il est indispensable que nous posions solidement les bases de notre entente...

Un silence.

M. de Bauville reprit :

— Jurez-vous de m'obéir comme à votre général en tout ce que je vous commanderai pour le bien de notre cause ?

— Nous le jurons ! répondirent tous les hommes.

Les voix grondèrent en tonnerre sous les voûtes.

— Jurez-vous d'être fidèles, jusqu'à la mort, à notre jeune roi Louis XVII, retenu dans les fers ?

— Nous le jurons !...

— Vive le roi !...

Au milieu des acclamations, le comte déployait un étendard de soie blanche où la comtesse avait brodé des fleurs de lis d'or.

— Chasseurs du roi ! s'écria-t-il, voici votre drapeau.

Tous se découvrirent, respectueux.

— Pour moi, je m'engage à ne rien épargner pour le triomphe de nos idées saintes !

Pierre avait hâte de prendre possession de son nouveau poste.

La cérémonie terminée, il entraîna Villefranche.

Tous deux enfourchèrent les chevaux qui broutaient dans la clairière et s'enfoncèrent dans la nuit.

VI

— Ai-je bien travaillé, maman ? Etes-vous contente de moi ?

— Oui, ma chérie, très contente.

L'après-midi qui suivit le départ du comte, Mme de Bauville se tenait, avec sa fille, dans la bibliothèque du château. Elle venait de donner à l'enfant sa leçon quotidienne, et quittait la table chargée de livres pour s'approcher de la fenêtre où, dans une corbeille, près de sa bergère, un ouvrage de tricot attendait, lorsque Marie-Antoinette demanda :

— Eh bien ! pour me récompenser, voulez-vous me faire un grand plaisir ?

— Sans doute.

— Alors, maman, dites-moi la chanson de la reine que j'aime tant.

La comtesse eut un geste de refus. Elle n'avait guère le cœur ni l'esprit enclins à chanter. Mais la fillette insista, inconsciente des soucis maternels.

— Je vous en prie, maman jolie... vous serez si gentille.

Ce fut dit d'un ton si câlin, avec un regard si tendre, que la comtesse n'eut pas la force de résister. Résignée, elle s'assit devant le clavecin qui occupait un angle de la pièce et préluda.

Sous ses doigts, les notes aigrelettes s'envolèrent.

Ce qu'Antoinette appelait la *Chanson de la Reine* était une romance dont la cour avait fait ses délices, aux beaux jours de Trianon, et dont on attribuait la musique à la reine.

La voix de la jeune femme s'éleva, très pure, détaillant les stances d'une sentimentalité un peu mièvre :

Ah ! s'il est dans votre village
Un berger sensible et charmant,
Qu'on chérisse au premier moment,
Qu'on aime ensuite davantage...
C'est mon ami, rendez-le-moi...
J'ai son amour, il a ma foi !

— Que c'est joli ! s'écria Antoinette avec conviction. L'autre couplet, maman, s'il vous plaît.

Docile, la comtesse poursuivit :

— Si, passant devant sa chaumière,
Le pauvre, en voyant son troupeau,
Ose demander un agneau,
Et qu'il obtienne encor la mère...
C'est mon ami, rendez....

Une porte brusquement s'ouvrit.

— Les bleus !

Yvonne entra en coup de vent, affolée :

— Les bleus ! ils vont nous massacrer !

La comtesse s'était dressée, pâle d'émotion.

— La grille est fermée ? demanda-t-elle.

— Ils sont entrés par le fond du parc... Ah ! Jésus, Marie, ayez pitié de nous !

— Chut ! n'effrayez pas Antoinette, ordonna la comtesse à voix basse.

Elle s'approcha de la fenêtre donnant sur le jardin.

— Nous avons le temps de fuir.

— Par où, Seigneur ?

— Suivez-moi, commanda Mme de Bauville.

En même temps, elle faisait jouer le ressort secret, et le panneau de la bibliothèque se déplaçait, découvrant l'étroit réduit.

Elle fit passer Yvonne et Antoinette devant elle et referma la porte.

— Maintenant, rangez-vous près du mur, à mes côtés, et, quoi qu'il arrive, ayez confiance, nous sommes sauvées.

Elle appuya sur le bouton caché dans les ornements de pierre ; la trappe s'ouvrit aussitôt.

La comtesse prit alors sa fille dans ses bras, et s'engagea dans l'escalier, en invitant Yvonne à la suivre.

Mais la femme de charge hésitait, tremblante. Mme de Bauville la rassura de son mieux.

La descente s'effectua lentement, avec d'infinies précautions. Les pieds glissaient sur le tapis de mousses gluantes qui couvraient les marches.

La comtesse affectait une assurance qui n'était guère réelle. Elle n'avait pas eu le temps de se munir de lumière, et le souterrain ne lui était pas encore familier. A mesure qu'elle avançait dans l'étroit couloir, entre les murs suintants, une crainte la harcelait : parviendrait-elle, malgré l'obscurité, à retrouver le mécanisme qui commandait la sortie ? Sinon, quel serait leur sort ? Se verraient-elles contraintes à rebrousser chemin, aux risques de tomber aux mains de leurs ennemis ?

A mi-chemin, les deux femmes s'arrêtèrent pour reprendre haleine. Mme de Bauville déposa Antoinette qui se mit à pleurer, cramponnée aux jupes de sa mère, désespérément. Elle la consola, avec la crainte que ses cris ne fussent entendus du dehors.

Quand la fillette se tut, les fugitives prêtèrent l'oreille, anxieuses. Nul bruit ne parvenait jusqu'à elles.

Elles reprirent leur marche.

Pour se guider, la comtesse tâtait le mur de sa main restée libre. Un obstacle, tout à coup, se dressa devant elle.

— Courage, nous sommes arrivées.

Et, tout de suite, elle chercha le ressort libérateur, dissimulé — elle se le rappelait — dans une anfractuosité de roches, à gauche.

Elle palpa longuement la muraille, enfonçant la main dans toutes les cavités qu'elle rencontrait...

Rien !...

— N'allons-nous pas sortir ? gémit la femme de charge.

Mme de Bauville ne répondit pas. Elle était haletante. La sueur inondait son front. Ses tempes battaient à grands coups sourds.

Prisonnières ! Elles étaient prisonnières, bloquées, sans recours, dans la nuit !

Elle s'arrêta une seconde, fouillant des yeux l'obscurité dans l'espoir fou de découvrir un indice... Puis elle se remit au travail, acharnée, secouant les blocs de rochers, s'attaquant à des pierres énormes.

— Maman... Il y a un chemin par ici, fit la voix tranquille de Marie-Antoinette qui ne soupçonnait pas les angoisses maternelles.

Subitement, la lumière se fit dans l'esprit de la comtesse. Dans son trouble, elle avait oublié que le souterrain faisait, à cet endroit, un coude vers la droite.

Elle respira largement. Du coup, tout son courage et sa présence d'esprit lui revenaient.

Elle entraîna sa fille et Yvonne, et toutes trois atteignirent bientôt l'extrémité de l'étroit boyau.

Cette fois, la comtesse n'eut aucune difficulté à découvrir le mécanisme qui joua aisément.

Avec ses compagnes, elle allait sortir de la grotte où aboutissait le souterrain, heureuse de revoir enfin la lumière, quand un bruit de pas la fit tressaillir.

Un homme brusquement parut : un vieillard barbu, vêtu d'une carmagnole et d'un pantalon largement évasé sur le pied, chaussé de galoches, la cocarde tricolore au chapeau, la ceinture garnie de pistolets aux crosses imposantes. Pourtant, sa figure n'avait rien de terrible. Même, ses traits s'épanouirent en un sourire à la vue des femmes effrayées.

— Rassurez-vous, citoyennes, je n'en veux pas à votre vie... On peut être ennemi des tyrans, partisan de la liberté, sans pour cela s'associer aux crimes commis en son nom.

Un murmure lointain, un cliquetis d'aciers, la cadence d'une marche régulière interrompirent le vieillard, qui se haussa sur une roche pour fouiller du regard les profondeurs d'un sentier, la main placée en abat-jour au-dessus de ses yeux.

— Ce sont les bleus... Cachez-vous et ne craignez rien : je vous protégerai... Vous ne serez point trahie, Madame la comtesse.

La jeune femme avait repris ses esprits.

— Nous nous fions à vous... Votre nom, Monsieur ?

— Est-ce bien utile ? questionna le vieillard ironique.

— Sans doute. Peut-être un jour nous sera-t-il permis de reconnaître le service que vous nous rendez aujourd'hui.

L'autre se redressa :

— Je ne demande pas de récompense, Madame, et je n'en accepte pas, répondit-il, hautain.

— Vous vous méprenez, Monsieur ; il n'est point question de récompense ; mais vous me permettrez bien, je l'espère, d'associer votre nom à mes prières ?

— Soit, fit le vieillard en haussant les épaules. On m'appelle Socrate.

Et, pour couper court à une nouvelle question :

— Cachez-vous vite, répéta-t-il en s'éloignant.

Il alla au-devant des bleus. Nous savons qu'il arriva précisément à point pour empêcher Louchart d'emmener Pierre à Bayeux.

Au moment où s'élevait le cri d'alarme : « les brigands ! » Socrate, qui connaissait admirablement le pays, se retira par un sentier dérobé, pour rentrer à Courseulles.

Cependant, les fugitives se tenaient tapies dans un coin d'ombre, retenant leur souffle, n'osant pas un mouvement, dans la crainte d'attirer l'attention de leurs ennemis.

Des heures passèrent. La nuit se fit peu à peu. On n'entendait plus aucun bruit.

La comtesse, enfin, se décida à quitter sa cachette.

Elle gravit une pente raide, jusqu'à une éminence d'où l'on découvrait le village.

Tout semblait rentré dans le calme.

— Les bleus sont partis, annonça-t-elle en rentrant dans la grotte. Nous pouvons regagner le château.

Une question se posa :

— Passerait-on par le souterrain ou par la route ?

On se concerta. Yvonne émit des préférences en faveur du souterrain qui, maintenant, l'effrayait moins qu'un chemin découvert.

— Comment expliquer aux gens du château notre brusque disparition et notre retour non moins inopiné, objecta Mme de Bauville, alors qu'ils ne nous auront vues ni sortir de la maison ni y rentrer ?

— Bah ! les serviteurs ne se sont guère inquiétés de nous à l'arrivée des bleus. Ils n'ont songé qu'à fuir.

Après une courte hésitation, la comtesse céda.

— Soit, fit-elle.

Et elle entraîna ses compagnes entre les murs étroits du souterrain. Le voyage s'effectua sans incident.

Au château, Mme de Bauville ne fut pas peu surprise de trouver toutes choses dans l'état où elle les avait laissées.

Rien n'avait été dérangé. Le clavecin ouvert semblait attendre la caresse des doigts harmonieux. Les aiguilles demeuraient plantées dans les mailles du tricot posé sur la table à ouvrage, entre la bergère de soie pâlie et la fenêtre close.

Seules, les portes grandes ouvertes attestaient le passage de visiteurs.

Ce n'est que le lendemain, à l'arrivée de Pierre et après avoir entendu le récit de sa rencontre avec les bleus, que Mme de Bauville comprit pourquoi sa demeure avait échappé au pillage. La brusque apparition de l'enfant avait détourné l'attention des républicains.

※

Tout au bout du village de Courseulles, près de la mer, une maison basse, couverte de chaume, disparaissait presque sous la verdure. Dans un enclos voisin, des pommiers en fleurs tordaient au soleil leurs bras noueux, tout blancs de pétales embaumés. Derrière la maison, un jardin clos de haies étendait le tapis multicolore de ses plates-bandes.

Sur la porte, entre les retombées de glycines, dans le feuillage vert tendre de la vigne vierge et du chèvrefeuille, une gracieuse figure de jeune fille apparut, le visage rose et blanc dans le halo blond des cheveux. Un fichu de batiste couvrait ses épaules, se croisait sur la poitrine. A la taille, se nouait un jupon aux rayures tricolores, suprême coquetterie des patriotes.

Son regard allait constamment de la route à la vieille horloge dont la gaine de chêne sculpté s'érigeait, luisante, au fond de la pièce, près de la vaste cheminée.

— Il va être en retard, murmurait-elle.

Et une moue d'impatience plissait son front et crispait ses jolies lèvres.

Enfin, un vieillard parut au tournant du chemin. Aussitôt, la jeune fille jeta un ordre à la servante affairée :

— Servez, Marion. Le voici !

Elle fit quelques pas à la rencontre de l'arrivant, le menaça du doigt avec une mine comique.

— Vous avez fait l'école buissonnière, vilain oncle Socrate.

Dans la barbe blanche, le visage de Socrate s'éclaira d'un sourire : il dit, l'air contrit d'un enfant pris en faute :

— Ne me gronde pas, ma petite Jacqueline... Je me suis attardé à lire, dans l'herbe fraîche, sous les rameaux fleuris, le *Contrat social* du grand Jean-Jacques...

— Toujours vos livres ?

— Ah ! l'admirable écrivain ! s'écria le vieillard, les yeux au ciel, en brandissant un gros volume couvert de cuir brun.

— Vite, interrompit Jacqueline, le dîner refroidit.

Tous deux s'assirent devant la nappe blanche, dans la petite salle à manger qu'égayait le soleil filtrant entre les rideaux à carreaux rouges et blancs.

— Louchart n'est pas rentré ? interrogea Socrate.

Et, sur la réponse négative de Jacqueline, il dit avec un clignement d'yeux malin :

— Eh, eh ! petite, était-ce bien moi que tu guettais avec tant d'impatience ?... N'était-ce pas plutôt ton amoureux ?

La jeune fille rougit. Depuis que Louchart, arrivé dans le pays, prenait pension chez Socrate, le vieillard taquinait souvent sa nièce, par plaisanterie. Il avait remarqué les attentions de Louchart pour Jacqueline, attentions qui, d'ailleurs, ne semblaient point déplaire à la jeune fille flattée.

Jacqueline avait seize ans. Toute son enfance s'était écoulée dans un pensionnat tenu par de vieilles demoiselles sévères, imbues des anciens préjugés.

De ses parents, elle ne savait rien, pas même leur nom, car on ne l'avait jamais appelée que « Jacqueline ». A ses questions, ses maîtresses avaient toujours évité de répondre. Elles l'avaient grondée, blâmant sa curiosité.

Au début de la Révolution, les demoiselles avaient licencié leurs élèves.

Un vieillard qui se disait son oncle et qu'elle voyait, lui semblait-il, pour la première fois, était alors venu la chercher. Elle demanda son nom, on lui répondit qu'il s'appelait Socrate. Elle s'étonna bien un peu, mais n'en laissa rien voir, par crainte d'une réprimande, et suivit à Courseulles le mystérieux personnage.

A dater de ce jour, commença pour Jacqueline une vie nouvelle, délicieuse, pleine de surprise et de joie.

Son oncle lui prodiguait une tendresse dont elle n'avait jamais eu l'idée jusque-là. Ce vieux garçon qui, pendant des années, ne s'était guère inquiété de sa nièce que pour en demander des nouvelles, de temps à autre, se découvrait tout à coup un cœur de père, entourait sa pupille de soins affectueux, quasi maternels, témoignait d'une admiration naïve pour sa grâce et sa joliesse, pour la gaieté qu'elle apportait dans sa vieille maison solitaire.

Et puis c'était, pour l'enfant, la liberté, après la réclusion entre les murs lépreux du pensionnat, les courses au grand air, parmi les fleurs, dans la bonne odeur vivifiante des champs.

Pourtant, Jacqueline n'était pas tout à

fait heureuse. Il manquait quelque chose à son bonheur. Elle souffrait de n'avoir pas de famille, pas de nom. Par là, elle se sentait plus misérable que le dernier des villageois, et dans son cœur, peu à peu, naquit un sentiment de haine pour les femmes de l'aristocratie, pour les nobles châtelaines qui l'écrasaient, fières de leur titre — elle le croyait du moins, — fières du nom légué par leurs ancêtres, sans même un regard vers la petite fille sans nom.

Les paysans, il est vrai, ne s'adressaient à son oncle et ne parlaient de lui qu'avec respect. C'était donc qu'ils le reconnaissaient comme leur supérieur... Alors, qui sait ? Peut-être appartenait-elle, elle aussi, à quelque noble race méconnue ?...

Son imagination, lancée sur cette voie, courait à grands pas, et les leçons de son oncle, ses tirades sur la liberté, n'étaient pas pour l'arrêter ni pour tempérer sa haine jalouse des aristocrates.

Louchart, dès son arrivée à Courseulles, vint loger chez Socrate, qui l'accueillit à bras ouverts, grâce à une lettre de recommandation dont le personnage avait eu soin de se munir.

Tout de suite, il pénétra l'état d'âme de la jeune fille, et comprit quel parti il en pourrait tirer pour la réussite de ses projets.

Il la fit causer, feignit de compatir à ses chagrins, la plaignit. Même, il lui fit entrevoir la possibilité de la tirer de peine par le moyen de son influence et de ses puissantes relations. Il n'hésita point à se parer à ses yeux des titres les plus brillants, en lui recommandant, bien entendu, le secret absolu vis-à-vis de son oncle. Le fin compère craignait que Socrate ne démasquât son jeu.

Sentimentale comme toutes les petites filles, Jacqueline n'était pas éloignée de voir dans Louchart une sorte de Prince Charmant, venu de son royaume fabuleux et féerique tout exprès pour lui apporter le salut et lui offrir sa main.

D'abord, elle avait ressenti une certaine répulsion pour la laideur ridicule, le museau pointu, les jambes pareilles à des pattes d'oiseau, le regard fuyant de l'ancien laquais. Puis, peu à peu, elle s'était laissée prendre à ses mines doucereuses, à ses manières cauteleuses, à son langage recherché. Sa sollicitude, ses attentions l'avaient touchée, si bien que, maintenant, elle se blâmait de l'avoir naguère mal jugé.

Socrate, au contraire, à mesure qu'il connaissait mieux Louchart, sentait diminuer sa sympathie première.

A deux ou trois reprises, il l'avait surpris se livrant à de louches besognes, jouant un rôle d'espion qui avait répugné à sa nature droite. S'il aimait la liberté passionnément, il détestait les persécutions et méprisait ceux qui masquaient sous le zèle patriotique un mesquin désir de vengeance. Aussi avait-il résolu de se

tenir sur ses gardes, de surveiller son hôte et de le prier, à la première incartade, d'aller quérir un autre gîte.

Le repas tirait à sa fin, quand la silhouette malingre de Louchart vint s'encadrer dans le rectangle lumineux limité par le chambranle de la porte.

Il salua avec une politesse exagérée, des gestes obséquieux, puis s'approcha de Jacqueline et lui baisa la main, cérémonieusement, comme il avait vu faire naguère à ses maîtres, gens de qualité.

Socrate, que son manège irritait, l'invita assez sèchement à prendre place à table.

Au moment où Louchart franchissait le seuil de la petite maison, Pierre, avec mille précautions, longeait la clôture du jardin.

Il se glissa jusqu'à une fenêtre basse, jeta un rapide coup d'œil dans la salle à manger.

Il n'aperçut que la bonne figure barbue de Socrate, le visage chafouin de Louchart. Pour voir le troisième convive, il eût fallu qu'il se haussât davantage. Il craignit de se découvrir.

Aussi bien, il en savait assez, puisqu'il connaissait la retraite de son ennemi. Restait à apprendre son nom.

Il se blottit sous la fenêtre, derrière un banc rustique, l'oreille au guet, dans l'espoir de surprendre des bribes de phrases qui l'instruiraient peut-être.

Le matin même, un mendiant vêtu d'un froc brun en haillons, le chef branlant, le dos voûté, s'était présenté au château de Bauville pour demander l'aumône. Interrogé par les valets soupçonneux, il s'était donné pour un pauvre moine chassé de son couvent par les révolutionnaires et contraint d'errer de village en village en implorant la charité des gens du bon Dieu. Même, il avait laissé entendre — sûr de n'être point trahi — que volontiers il se chargeait des messages de la grande armée vendéenne pour les chefs des chouans de Normandie.

Ses discours avaient produit l'effet qu'il en attendait. On l'avait restauré ; on avait garni sa besace.

Avec des larmes de reconnaissance, il s'était confondu en remerciements, appelant sur les châtelains les bénédictions du ciel.

Pierre qui, de loin, assistait à la scène, avait été frappé de l'étrange ressemblance du pèlerin avec l'homme qu'il avait rencontré à Mantes, puis à Bauville, lors de la surprise du château.

Il s'était approché. En l'apercevant, le mendiant n'avait pu dissimuler un mouvement de surprise et s'était constamment tourné de manière à l'empêcher de distinguer ses traits. Cette manœuvre avait confirmé les soupçons de Pierre. Pour les éclaircir, pour connaître la retraite de son ennemi, il s'était lancé sur ses traces dès qu'il eut quitté le château.

Sous le couvert des haies, il avait suivi pas à pas le pseudo-mendiant qui se dirigeait vers Courseulles. Bientôt il l'avait vu jeter sur la route, de tous côtés, des regards inquiets, puis redresser sa taille, entrer enfin dans un fourré d'où il était ressorti presque aussitôt, débarrassé de ses haillons, transformé, rajeuni, revenu à son aspect véritable.

L'enfant s'était félicité de sa bonne inspiration. Jusqu'à Courseulles, il n'avait pas ralenti sa poursuite ; et c'est ainsi qu'il avait pu voir le faux moine entrer dans la petite maison de Socrate.

Maintenant, blotti sous la fenêtre, il écoutait de toutes ses oreilles.

— Vous êtes trop bon, citoyen Socrate, dit une voix que Pierre reconnut pour être celle de son ennemi. J'ai eu tort d'écouter vos conseils, l'autre jour, et de relâcher ce gamin, au bois des Roches... Il est installé maintenant au château de Bauville. Je l'y ai vu... Ce petit serpent que vous avez réchauffé dans votre sein nous mordra peut-être un jour...

— M'est avis, citoyen Louchart, interrompit Socrate...

— Louchart ! Il s'appelle Louchart. Enfin, je connais son nom, murmura Pierre. Villefranche sera fort aise de l'apprendre... Louchart, c'est bien le nom de cet ancien laquais qui les a trahis à Paris.

— M'est avis, poursuivit Socrate, que vous vous occupez beaucoup trop de ce qui se passe à Bauville. J'ignore quels motifs vous font agir ; mais je vous avertis que je n'aime point les lâches qui s'attaquent aux femmes...

Pierre n'en écouta pas davantage ; il était fixé.

Prudemment, il sortit du jardin, traversa l'enclos, et, à travers champs, regagna Bauville.

Dans la journée, Socrate fut mandé à la mairie.

Jacqueline lui remit sa canne, son chapeau, l'accompagna jusqu'à la porte, pendant qu'il glissait dans sa poche le précieux volume de Jean-Jacques Rousseau ; puis, par la route, elle gagna l'enclos, se promena dans les sentiers tapissés d'herbe fraîche, sous le dais rose et blanc des pommiers fleuris.

Louchart vint la rejoindre.

Ils restèrent d'abord silencieux ; puis des phrases s'échangèrent, banales.

Mais Louchart avait son idée. Insensiblement, il amena l'entretien sur le terrain où il savait que son interlocutrice le suivrait le plus volontiers.

La conversation s'anima.

Par moment, Louchart s'arrêtait devant la jeune fille, lui parlait de tout près, avec volubilité, martelant son discours de gestes nerveux.

Elle, secouait la tête en signe de dénégation et reprenait sa marche ; mais l'autre lui barrait la route, la forçait à l'entendre, accumulait les arguments pour la convaincre.

— Puisque je vous affirme que vous ne courrez aucun danger... Eh quoi ? ce sont là tous les effets de cette grande haine ?...

Les résistances de Jacqueline se firent moins vives ; pourtant elle hésitait encore :

— Mais mon oncle...

— Votre oncle est trop généreux. C'est un philosophe. Il rêve de faire revivre les grands hommes de Plutarque.

Louchart fit un dernier effort. Vaincue, elle parut céder.

Tous deux rentrèrent dans la salle à manger.

— Asseyez-vous là, dit Louchart en désignant une chaise près de la table desservie.

Sur un rayon du vaisselier, il atteignit l'écritoire de cuivre, prit dans un tiroir une feuille de papier, une plume d'oie dont il éprouva le bec sur son ongle, méthodiquement.

Il plaça le tout devant la jeune fille.

— Écrivez...

Assis en face d'elle, il lui dicta un court billet.

Quand ce fut fini, il prit la feuille, y répandit une pincée de cendre pour sécher l'écriture, la plia, et, la tendant de nouveau à Jacqueline :

— L'adresse, maintenant.

La jeune fille obéit.

L'ancien laquais glissa la missive dans sa poche.

— Il y manque le cachet, mais j'en fais mon affaire.

Il remit l'écritoire en place, afin que Socrate ne s'aperçût de rien.

Précisément, le vieillard rentrait.

— Citoyen Louchart, déclara-t-il dès le seuil, il va falloir vous mettre en quête d'un autre domicile. On m'appelle à Caen. Je serai absent trois ou quatre jours, pendant lesquels il serait mal séant de vous laisser seul ici avec ma nièce... J'ai vu le maire qui vous logera volontiers, si cela vous convient.

Louchart eut peine à cacher la joie que lui causait l'annonce de ce départ. Il remercia, et dès que Socrate se fut éloigné, il s'approcha de Jacqueline :

— Voilà un voyage qui tombe à merveille pour la réussite de nos projets...

Le lendemain, de bon matin, l'intendant du château de Fontenailles apportait à Bauville, à l'adresse du comte, une lettre scellée aux armes de Fontenailles, qu'il remit en grand secret à Mme de Bauville, en la priant de la faire tenir au plus tôt à son destinataire.

Sans perdre de temps, Pierre montait à cheval et partait pour la forêt de Cerisy, porteur de la précieuse missive.

*

Entre Longues et Port-en-Bessin, au sommet d'une falaise dominant la mer, le château de Fontenailles dressait sa façade de pierre massive, percée de hautes fenêtres enguirlandées de sculptures.

Devant le perron s'étendait une vaste pelouse que bordaient deux larges allées, accédant à la grille d'entrée, et ombragées, à droite et à gauche, par de grands arbres séculaires.

Derrière la maison, une terrasse donnait sur la mer.

Le jeune comte de Fontenailles, propriétaire du château, avait quitté la France, dès le début de la Révolution, pour se rendre en Angleterre.

Ses biens, comme biens d'émigré, avaient été mis sous séquestre, puis vendus. L'intendant de Fontenailles, un serviteur dévoué, depuis longtemps au service de la famille, s'en était rendu acquéreur dans le dessein de les restituer à son maître, à son retour.

Ce jour-là, la vaste demeure semblait en fête.

Les volets des deux étages s'ouvraient ; l'unique laquais demeuré au château avec Gallier, l'intendant, se multipliait, courait, affairé, du sous-sol aux appartements, et des appartements aux communs, avec un empressement que n'eût point laissé supposer son aspect lourdaud.

C'est que, la veille, la nouvelle comtesse de Fontenailles était débarquée d'Angleterre. Elle devait faire en France un court séjour, dans le but de régler quelques questions d'intérêt ; après quoi, elle retournerait auprès de son mari à Londres, en attendant la fin des troubles. Sa qualité d'étrangère, que trahissait, par moment, un léger accent, la mettait à l'abri des poursuites.

C'était une toute jeune femme, seize ans environ, blonde et frêle, d'allure distinguée. Elle était mariée depuis deux mois seulement au comte de Fontenailles, Gallier n'en savait pas davantage. Il avait reçu sa nouvelle maîtresse avec les marques de la joie la plus respectueuse.

Dans la salle à manger, la comtesse surveillait les apprêts d'un festin, à en juger par le luxe, l'ordonnance et le nombre du couvert, quand l'intendant entra.

— Vous avez fait porter ma lettre à Bauville ? demanda-t-elle.

— Oui, Madame, je l'ai remise moi-même. On m'a promis de la faire parvenir aussitôt à M. le comte.

— Pourvu qu'il accepte mon invitation. Il était, m'a dit mon mari, un ami dévoué de sa famille !

— En effet, Madame.

— Ses avis, joints aux vôtres, Monsieur Gallier, me seront précieux pour le règlement de nos affaires. J'ai moi-même si peu d'expérience !

— M. le comte n'en avait guère non plus, répliqua Gallier, avec un sourire attendri.

Et, à ce propos, il rappela des souvenirs, des anecdotes touchant son jeune maître.

Comme il était heureux, le vieil intendant, de trouver enfin une oreille complaisante à ses épanchements, un cœur dans lequel il pût laisser déborder le trop-plein d'affection tenu si longtemps en réserve.

Mais, chose étrange, surtout chez une nouvelle mariée, la comtesse ne semblait prendre aucun plaisir à ces récits ; bien au contraire, elle cherchait à détourner la conversation et montrait quelque embarras à répondre aux questions trop précises de l'intendant. Fort heureusement, celui-ci ne s'en apercevait point, tout à sa joie.

La jeune femme guettait impatiemment que le flot de paroles cessât de couler. Elle profita d'une accalmie pour demander :

— La troupe que commande M. de Bauville s'appelle, je crois, les chasseurs du roi ?

— Oui, Madame.

— Sont-ils nombreux ?

— Au début, ils étaient une vingtaine ; actuellement, leur chiffre a dû tripler.

— Leur chef ne les amènera pas tous ? interrogea la comtesse avec une moue d'inquiétude.

— Il ne les amènera pas au château, non, Madame ; mais il est probable qu'il les postera aux alentours pour prévenir une surprise.

— Ah !

La jeune femme parut désappointée.

— Les royalistes sont obligés de se tenir sur leurs gardes, poursuivit Gallier. Ils ont affaire à forte partie ; un guet-apens est toujours à redouter pour eux.

La comtesse pâlit légèrement :

— Que voulez-vous dire ?... Ces messieurs ne courront ici aucun danger.

— De notre part, non, Madame ; mais les bleus peuvent apprendre leur présence ici.

— Comment l'apprendraient-ils ?

— Ils ont des espions partout... Mais si l'orage continue, ajouta l'intendant sur un ton d'enjouement, pour effacer ce qu'il prenait chez sa maîtresse pour des signes de frayeur, les bleus ne s'aventureront pas cette nuit dans la campagne ; il pleut à torrent.

Il s'éclipsa pour aider un laquais affairé.

Seule, Mme de Fontenailles eut un dernier coup d'œil pour la table servie, et monta dans les appartements qu'elle occupait depuis la veille.

D'une vaste armoire de chêne, aux panneaux sculptés, elle tira des robes à falbalas. Les satins aux plis somptueux, les riches brocarts chatoyèrent sous les doigts caresseurs de la coquette.

Elle fit choix d'une toilette aux teintes claires, dont les paniers s'évasaient sur une jupe de soie brodée de bouquets de roses.

Cependant, les chasseurs du roi approchaient.

Leurs pas sonnèrent dans les flaques boueuses de la route. Serrés dans leurs manteaux, ils avançaient péniblement, en luttant contre les rafales qui les fouettaient.

A quelque distance du château, ils se divisèrent en deux troupes, qui s'échelonnèrent dans la campagne, à droite et à gauche, du côté de Longues et de Port-en-Bessin.

Seuls, le comte de Bauville et ses deux lieutenants, avec Pierre, se dirigèrent vers la grille d'entrée.

Là, Pierre quitta ses compagnons, qui gagnèrent le perron, par les allées des quinconces. Il se tapit dans une encoignure.

Dans le grand salon, la jeune comtesse de Fontenailles rejoignit ses invités.

Bauville se nomma, puis présenta ses deux lieutenants :

— Villefranche et Brave-la-Mort.

Sans paraître s'étonner du surnom, la comtesse leur souhaita la bienvenue.

— Veuillez, Messieurs, considérer cette maison comme la vôtre... Vous m'excuserez, ajouta-t-elle gentiment en s'adressant au comte, d'avoir abusé de votre obligeance. J'ai pensé que les liens d'amitié qui vous unissaient à M. de Fontenailles m'autorisaient à m'adresser à vous.

— Je suis tout à vos ordres, Madame.

— Merci, au nom de mon mari et au mien. Vos conseils me seront précieux... Mais nous causerons fort bien à table. Vous devez avoir besoin de vous restaurer, après la longue course qu'il vous a fallu fournir pour venir jusqu'ici... Veuillez vous désarmer, Messieurs.

— Impossible, Madame.

— Vraiment ? Ces épées vont fort vous embarrasser. Croyez...

— Impossible, Madame, répéta Bauville avec son sourire le plus aimable. Nous ne nous séparons jamais de nos armes. Elles sont nos femmes, et la galanterie nous oblige à ne les point abandonner.

Mme de Fontenailles se mordit les lèvres, visiblement contrariée.

Le comte de Bauville s'était levé. Elle l'imita et prit le bras qu'il lui offrait pour passer dans la salle à manger.

— Vous voyez, dit-elle en montrant le couvert, je comptais sur de plus nombreux convives.

— Vous êtes mille fois aimable, fit le comte en manière de plaisanterie. Mais je ne pensais pas que votre invitation s'étendît à tous les chasseurs du roi.

— Combien sont-ils donc ?

— Une centaine.

— En effet !... Et vous les avez laissés au camp ?

— Ce n'est pas pour parler d'eux que vous m'avez fait l'honneur de me mander, Madame. J'ai hâte d'apprendre en quoi je pourrai vous être utile.

La comtesse eut une nouvelle déception. Elle avait espéré savoir si Bauville s'était fait ou non accompagner. Il fallait y renoncer. Toujours traqué par un ennemi supérieur en nombre, le comte avait dû prendre pour règle de conduite de ne se fier à personne et d'éviter les paroles inutiles comme une source certaine de dangers.

Mme de Fontenailles, afin de reprendre contenance, donna quelques ordres au laquais qui présentait une poularde sur un plat d'argent. Ensuite, elle conta les circonstances de sa rencontre et de son récent mariage, à Londres, avec le comte de Fontenailles.

Sur son mari, elle donna peu de détails. Bauville, d'ailleurs, se montrait sobre de questions.

Elle dit seulement leurs embarras d'argent, à l'étranger, le but financier de son voyage, les difficultés qu'elle redoutait dans le règlement de certaines affaires.

Le comte l'écoutait avec bienveillance.

Tout à coup, un coup de feu retentit et, presque aussitôt, Gallier fit irruption dans la salle :

— Les bleus !

Les trois chouans se dressèrent, comme mus par un ressort.

— Fuyez, Messieurs, qu'on ne vous voie pas ici, fit vivement l'intendant. Je me charge de procurer une cachette à Mme la comtesse.

Par une fenêtre donnant sur la terrasse, Bauville et Brave-la-Mort disparurent. Villefranche gagna le vestibule, dégringola le perron quatre à quatre.

— Partez, partez vite, ordonna la comtesse à Gallier. Je n'ai rien à redouter : je suis étrangère... Mais partez donc !

En même temps, elle le poussait vers une porte basse qu'elle referma sur lui au verrou.

Elle vint reprendre sa place devant la table.

Dehors, Villefranche resta une seconde indécis, incapable de rien voir au milieu des ténèbres.

Quand ses yeux se furent habitués à l'obscurité, il distingua, s'estompant sur le ciel, la masse plus sombre des grands arbres.

La pluie avait cessé.

A tout hasard, pour effrayer les bleus et retarder leur marche, il lâcha quelques coups de fusil. D'autres détonations, toutes proches, lui répondirent.

L'ennemi allait le surprendre. Par où fuir ? La route, il n'y fallait pas songer ; c'eût été se jeter dans la gueule du loup.

Son parti est vite pris. Il s'enfonce sous les marronniers en quinconce...

Un mur se dresse devant lui. Comment l'escalader ?... Heureusement, il avise un arbre dont une maîtresse branche s'incline sur la crête de la muraille. Il y grimpe, enjambe la clôture, et, dès qu'il a touché terre, détale à toutes jambes dans la direction de Port-en-Bessin, à travers champs, dans la terre détrempée qui colle à ses semelles.

Un nouvel obstacle l'arrête. C'est une haie, qu'il franchit sans grande difficulté. Il reprend sa course. Le voici dans un jardin.

Sans chercher les allées tracées, il file droit devant lui, au milieu des massifs, sans souci des pierres qui roulent sous ses pieds, des mottes de terre qui le font trébucher, des ronces qui lui meurtrissent les jambes, à travers l'épaisseur des guêtres de cuir.

Tout à coup, le sol se dérobe sous ses pas. Il étend les bras, il tombe en avant, de toute sa hauteur... Un grand bruit ; un froid humide qui le pénètre, qui le fait suffoquer. Il ouvre la bouche pour crier. Un bâillon se colle à ses lèvres. Il étouffe, se débat... Il vient de choir dans une pièce d'eau !...

Après bien des efforts, embarrassé qu'il est par ses armes qu'il ne veut point abandonner, il s'en tire enfin, trempé, ruisselant.

Comme il s'élance de nouveau pour fuir, deux têtes surgissent au-dessus d'une haie.

Les bleus !

Nul doute. Ce sont eux, accourus pour surprendre le fuyard.

Il se sent perdu. La poudre des pistolets est mouillée ; elle ne s'enflammera pas.

Toute lutte est impossible. L'ennemi doit s'en rendre compte, puisqu'il demeure patiemment derrière sa barrière, comme un chat qui guette une souris.

N'importe, il vendra chèrement sa vie ! On ne le prendra pas sans coup férir.

Il enfle sa voix pour crier :

— Qui vive ?...

Un beuglement sonore lui répond, en même temps que sur le ciel où la lune vient d'apparaître entre deux nuages, se profile une double paire de cornes.

Les bleus qui l'ont tant effrayé ne sont que de pauvres vaches inoffensives, attirées par le bruit de sa chute, et qui dardent sur l'intrus la fixité de leurs larges prunelles effarées.

En s'injuriant pour sa frayeur intempestive, Villefranche reprend sa course.

Il a hâte de se sentir en lieu sûr, au milieu de ses compagnons. Une peur irraisonnée, insurmontable, le talonne, lui si brave. Il tremble comme un enfant pour la première fois.

Et pourtant, Dieu sait s'il a vu des batailles, s'il a entendu des balles siffler à ses oreilles, s'il a coudoyé la mort ! Mais les événements étranges de cette soirée, cette attaque imprévue, ce bain forcé, ont agi sur ses nerfs, sur son cerveau, à la manière d'un cauchemar.

Un bruit de pas, un froissement de branches derrière lui, lui font faire une brusque volte-face.

Quelqu'un le poursuit.

Il saisit son fusil par le canon, le lève au-dessus de sa tête, prêt à frapper.

Un homme vient tomber à ses pieds comme une masse, écroulé sur les genoux.

Aussitôt, tout son sang-froid lui revient : l'ennemi se rend ; il est vainqueur !

Il se baisse et, dans le suppliant qui gémit : « Grâce ! » il reconnaît Fleur d'Epine.

— Miséricorde ! fait celui-ci en se relevant, j'ai cru ma dernière heure arrivée.

— Chut ! ordonne Villefranche. Ecoute... on marche...

Cette fois, il n'y a pas à s'y tromper, c'est bien le pas cadencé d'une troupe en marche.

— Si ce sont les bleus, nous sommes flambés... As-tu de la poudre sèche ?

Fleur d'Epine est si tremblant qu'il ne peut articuler une parole. La peur le paralyse. Il sera incapable de se défendre.

Villefranche prend le fusil de son camarade.

— Que dira ma pauvre femme, gémit celui-ci d'un ton lamentable, quand elle verra les bleus rentrer à Bayeux en portant en guise de trophées mes vêtements au bout de leurs baïonnettes ?

— Elle priera pour nous, répondit Villefranche avec flegme.

Et il s'adosse à un arbre, pour éviter d'être entouré.

Cependant la troupe s'approche. On entend distinctement le cliquetis des armes.

— Qui vive ? crie Villefranche.

Un silence.

L'ennemi manœuvre, en ordre dispersé, forme le demi-cercle, prêt à l'attaque.

— Qui vive ?

— Chasseurs du roi... Chargez !

Un grand éclat de rire. Villefranche a reconnu la voix de Bauville.

— Avance à l'ordre ! ordonne la même voix.

— Eh ! c'est moi, Villefranche.

Le cri se répète sur toute la ligne :

— C'est Villefranche !... Villefranche est retrouvé !...

— Nous te cherchions, dit le comte. Maintenant, nous sommes au complet, Dieu merci. Les bleus en sont pour leurs frais, cette fois encore.

— Et Mme de Fontenailles ?

— C'est vrai, nous avons manqué de galanterie à son endroit ; mais, je ne sais pourquoi, j'ai dans l'idée qu'elle n'est pas étrangère au guet-apens qu'on nous a tendu.

— Vous croyez, Monsieur le comte ?

— As-tu remarqué son insistance à nous faire désarmer, son calme, contrastant avec notre surprise, quand Gallier est entré, tout effaré, nous avertir de l'arrivée des bleus ?

— En effet, c'est singulier... Alors, Gallier... serait complice ?

— Pourquoi ? Il a pu être victime, comme nous, d'une aventurière... D'ailleurs, peu importe, pour l'instant du moins.

— Mais si Mme de Fontenailles n'est pas de connivence avec les bleus, ils vont lui faire un mauvais parti ?... Si nous allions les surprendre à notre tour et la délivrer ?

— Non... Ce serait la perdre, en établissant péremptoirement ses relations avec nous.

— Monsieur le comte, intervint Pierre, voulez-vous me permettre de retourner au château ? Je verrai ce qui s'y passe et je vous préviendrai au besoin.

Le comte réfléchit une seconde.

— Soit, mais ne t'expose pas inutilement. Nous allons nous porter sur la route de Bayeux et nous y attendrons le passage des bleus.

Quelques minutes après, Pierre atteignait la grille du château. Il se glissa entre les arbres, franchit, pour gagner la terrasse, les degrés d'un petit escalier latéral.

Par une fenêtre, son regard plongea dans la salle à manger.

Autour de la grande table, les républicains festoyaient, présidés par Mme de

Fontenailles, dont Pierre apercevait la nuque blonde, les frêles épaules blanches, sous la lumière des hauts candélabres.

En face de la jeune femme, le visage jaune de Louchart souriait béatement.

A sa vue, l'enfant serra les poings, pris d'une rage folle. L'idée lui vint d'enfoncer la fenêtre, pour se ruer sur son ennemi triomphant, au risque d'être pris... Le grincement d'une serrure qui s'ouvrait, tout près de lui, détourna son attention. Une porte s'entre-bâilla ; une tête se hasarda par l'ouverture.

— Gallier !

L'intendant reconnut Pierre, pour lui avoir, le matin même, remis la lettre de la comtesse.

— Les bleus ? questionna-t-il d'une voix mal assurée.

— Venez voir, répondit Pierre en l'amenant devant la croisée.

Gallier faillit faire un esclandre.

— Une Fontenailles attablée avec ces gens de peu !

Il suffoquait.

Pierre l'entraîna dans un coin d'ombre.

— Vous êtes sûr que cette dame est la comtesse de Fontenailles ? demanda-t-il un peu goguenard.

L'intendant resta bouche bée. Pour la première fois il songeait qu'une aventurière avait pu se jouer de lui. Aussi balbutia-t-il sur un ton penaud :

— Elle me l'a dit...

— Sans doute, mais vous a-t-elle fourni des preuves à l'appui ?

— Des preuves ? Oh ! je n'aurais jamais osé lui en demander. Le respect s'y opposait.... Songez donc : la femme de mon jeune maître !...

— Oui... Eh bien ! elle s'est moquée de vous.

— Oh ! Est-ce possible... gémit Gallier désespérément.

— Parfaitement. L'homme qui, assis en face d'elle, préside ces agapes fraternelles, est un ancien laquais du comte de Bauville. Il ne rêve que livrer son maître pour toucher la prime promise au délateur. Il se nomme Louchart et habite à Courseulles, chez Socrate. Quant à votre comtesse, elle pourrait fort bien être la nièce du même Socrate et avoir manigancé cette petite comédie de compte à demi avec l'hôte de son oncle.

— Mon Dieu ! s'écria l'intendant frappé d'une pensée subite, M. de Bauville va peut-être me croire leur complice ?

— Rassurez-vous. Le comte vous connaît de longue date et vous sait incapable d'une trahison... D'ailleurs, les bleus ont échoué et ce sont eux qui payeront les frais de la fête... Les chouans les attendent à la sortie de Maisons.

— Rejoignons-les.

— Non, nous avons mieux à faire : patientons jusqu'au départ des bleus, et nous pourrons interroger la soi-disant comtesse, s'ils ne l'emmènent pas.

— Ils pilleront peut-être le château ; ils y mettront le feu...

— Ne craignez rien, vous dis-je ; les chasseurs du roi ne sont pas loin ; ils veillent.

Ce disant, Pierre entraînait Gallier sous le couvert d'un bosquet de lilas, dont les grappes mauves, chargées d'eau, débordaient le balustre de pierre de la terrasse.

De là, ils pourraient tout voir, tout entendre, sans être aperçus.

*   *   *

Aux premières lueurs de l'aube neigeant sur les rameaux fleuris des pommiers, sur les marronniers en fleur des quinconces, un bruit de chaises annonça le départ des républicains.

De leur cachette, Pierre et Gallier entendirent le cliquetis des sabres, le tumulte des voix impérieuses lançant les commandements, puis la cadence des pas réguliers s'éloignant sur le sable des allées.

Une porte-fenêtre s'ouvrit sur la terrasse. Louchart parut, suivi de Mme de Fontenailles, enveloppée dans les plis d'une mante sombre, à capuchon.

Tous deux causaient avec animation.

— Alors, demandait Louchart, vous êtes décidée à repartir immédiatement pour Courseulles ?

— Sans doute, ne faut-il pas que je sois de retour avant mon oncle, pour qu'il ignore mon absence ?

— Vous avez raison... Je vous souhaite un bon voyage.

— Comment, fit la pseudo-comtesse, interloquée, vous ne m'accompagnez pas ?

— Excusez-moi ; mais cela m'est impossible. Un devoir impérieux m'appelle ailleurs. Je dois rendre compte de notre expédition au commissaire du district.

— Tout à l'heure, vous avez refusé de suivre les patriotes, en prétextant l'obligation de me reconduire.

— Simple prétexte, en effet. Je préférais me rendre seul à Bayeux... C'est moins dangereux.

— Vous avez peur ?

— Je suis prudent... Et c'est cette prudence qui m'empêche d'accéder à votre vœu, malgré tout mon désir de vous être agréable. Vous avez remarqué la froideur que me témoigne Socrate depuis quelque temps. Je dois le ménager. Sur bien des points, il est loin de partager mon zèle. Or, supposez, tout est possible, que votre oncle soit rentré avant vous. Il me faudra fournir des explications. S'il ne m'approuve point...

— Je comprends, interrompit la jeune fille. Vous préférez que je sois seule à supporter les conséquences de la folie où vous m'avez entraînée.

— Croyez, Mademoiselle Jacqueline...

— Taisez-vous. Je vous méprise. Mon oncle, s'il s'aperçoit de mon absence, s'il m'interroge, saura toute la vérité, je vous le jure. Je ne vous ménagerai pas, et je vous interdis de me revoir jamais.

Louchart prit une mine attristée. Il essaya des gestes suppliants.

— Vous n'agirez point avec cette cruauté ?

— Lâche ! cria Jacqueline.

Au même instant, une fusillade crépita, dans le lointain.

Brusquement, comme par enchantement, Louchart disparut.

— Nos amis surprennent les bleus, souffla Pierre à l'oreille de Gallier.

Puis, devant la fuite de Louchart :

— Bon, les chasseurs ont effrayé le gibier. Voilà ma vengeance évanouie encore une fois... Heureusement, la demoiselle nous reste. Je me charge de la ramener à son oncle. Quant à vous, mon cher Gallier, il est inutile qu'elle vous revoie. Restez caché jusqu'à notre départ.

Jacqueline était demeurée quelques minutes interdite devant la brusque disparition de Louchart. Son hésitation fut de courte durée : si les chouans allaient revenir ? Vite elle rassembla ses jupes sous sa mante, et franchit en courant la grille du château, sans remarquer que Pierre la suivait.

Sur la route, elle ralentit le pas, se dirigeant vers Longues.

Pierre fit un rapide détour à travers champs et se posta à l'entrée du village.

Lorsque la jeune fille l'eut rejoint, il marcha devant elle, sans affectation, mais tout en ne la perdant point de vue.

A un carrefour, elle s'arrêta, perplexe. Elle interpella Pierre :

— Le chemin de Courseulles, s'il vous plaît ?

— Courseulles ? J'y vais justement ; si ma compagnie ne vous déplaît pas, à vos ordres, citoyenne.

Jacqueline enveloppa le jeune homme d'un regard scrutateur. Le bref examen sans doute fut favorable, car elle accepta tout de suite, heureuse au fond de trouver un protecteur.

Le compagnon, ma foi, avait bonne tournure. Était-il républicain ?... Evidemment, puisqu'il l'avait appelée « citoyenne ».

D'abord, la conversation s'engagea sur le terrain des banalités, puis, peu à peu, elle prit un tour plus familier.

A un moment, Pierre prononça le nom de Jacqueline. Inadvertance ou maladresse ? Non pas ; il suivait un plan bien arrêté ; capter la confiance de la jeune fille et l'amener aux confidences.

— Vous me connaissez ? demanda-t-elle étonnée.

— Sans doute. Je vous ai vue à Courseulles... Vous êtes la nièce de Socrate, que tout le monde connaît bien. Un vrai patriote, lui, et si vous lui ressemblez, vous ne devez pas aimer les chouans.

Flattée, Jacqueline ne chercha point à dissimuler le plaisir qu'elle éprouvait.

Pierre poursuivit :

— Je jurerais que c'est pour remplir une mission importante que vous courez les routes à cette heure matinale, si loin de chez vous ?

— En effet, acquiesça la vanité de la jeune fille.

— Je m'en doutais ! La nièce de Socrate ne peut être qu'une héroïne.

Tout à fait conquise, l'imprudente, après des réticences, après avoir fait jurer à son compagnon d'être discret, finit par lui conter l'aventure de la nuit.

Pierre, en l'écoutant, riait sous cape. Il tenait sa vengeance.

— Vous avez fait sagement de me prendre pour confident, dit-il, quand la jeune fille eut achevé son récit, je comprends maintenant quel intérêt vous avez à ne point rencontrer les chouans. Je vous y aiderai. C'est qu'ils ne plaisantent pas.

Après un silence, il ajouta :

— Il ne sera pas facile de les éviter. Ils infestent le pays.

— Vous m'effrayez !

— Je tâcherai de vous tirer d'affaire ; mais, pour cela, il faut vous fier à moi.

— Que dois-je faire ? Parlez vite.

— Il n'y a qu'un moyen très sûr ; mais vous ne voudrez pas l'employer.

— Si, si ; quel est-il ?

— Changer de vêtements, pour vous rendre méconnaissable.

— C'est impossible.

— Vous voyez, je vous le disais bien, fit Pierre tranquillement, affectant l'indifférence.

— Comment pourrais-je changer de vêtements en pleins champs ? Qui me fournira un déguisement ?

— Moi.

— Vous ?

— Certainement. Vous voyez ce toit, là-bas, dans les arbres ? C'est la ferme de Longchamps. Les gars qui l'habitent sont de zélés patriotes. Chez eux, nous trouverons le nécessaire.

— Hâtons-nous, alors, supplia la jeune fille en pressant le pas.

Par la voûte en ogive, surmontée d'un blason mutilé, ils pénétrèrent dans la cour.

Autour de la tourelle, des pigeons au plumage chatoyant tournaient dans le soleil, s'abattaient sur les toits de chaume où croissaient des plantes grasses, aux menues branches rougeâtres, pareilles à du corail. Des poules picoraient, un coq claironnait vers le ciel son appel strident ; des vaches qu'on menait paître s'avançaient gravement, en balançant la tête.

Un chien à courtes oreilles, au poil rude, hurla en allongeant son museau pointu et tirant sur sa chaîne. Le fermier parut sur le seuil.

— Je vais lui parler, fit Pierre.

Il s'avança seul, laissant Jacqueline un peu à l'écart, et échangea quelques mots à voix basse avec le fermier ; puis il fit signe à la jeune fille d'approcher.

— J'ai justement ici des vêtements de mon fils. Ils iront admirablement à la demoiselle.

— Me mettre en homme ! s'écria Jacqueline. Jamais !

— Vous savez ce que je vous ai dit, fit Pierre avec flegme ; si vous n'écoutez pas mon conseil, je ne garantis plus votre salut.

— Je n'oserai point traverser Courseulles dans un pareil accoutrement.

— Vous passerez par la campagne... D'ailleurs, libre à vous. Je m'en lave les mains... Il ne me reste plus qu'à m'excuser auprès de notre hôte de l'avoir inutilement dérangé.

— Ne m'abandonnez pas, supplia la jeune fille en joignant les mains dans un geste de prière.

Pierre haussa les épaules, en signe qu'il n'en pouvait mais.

Jacqueline, après une hésitation, se résigna.

Pendant que, dans une chambre où on l'avait conduite, la jeune fille procédait à son travestissement, Pierre, en quelques mots, mit le fermier au courant de la vengeance qu'il méditait. Tous deux se réjouirent à la pensée du châtiment imaginé.

Un bruit de pas les interrompit. La porte s'ouvrit. Jacqueline apparut sur le seuil, vêtue de la culotte bouffante, de la veste courte des paysans.

Pierre, à sa vue, se récria :

— Et vos cheveux ?

— Mes cheveux ?...

— Oui, vous ne comptez pas, j'imagine, les laisser flotter ainsi sur vos épaules. Un tel manteau n'est pas de mode.

— Peut-être pourrais-je les relever en catogan, sous mon chapeau ?

— Fameuse idée, ma foi, pour ressembler à un aristocrate et attirer davantage l'attention des chouans.

— Mais, vous-même m'avez conseillé...

— De changer de vêtements, sans doute ; mais est-ce ma faute si notre hôte, n'ayant point de fille, ne peut vous offrir que des habits masculins ?... Certes, j'étais loin de prévoir une aussi grande mauvaise volonté de votre part, et puisqu'il en est ainsi, je vous abandonne à votre sort. Aussi bien, rien ne m'oblige à me compromettre pour le bon plaisir d'une petite fille coquette.

— Pourtant...

— Non, vous dis-je ; il est des faiblesses indignes de la nièce de Socrate.

Ces derniers mots produisirent sur la jeune fille l'effet que Pierre en attendait.

— Soit... puisqu'il le faut ! soupira-t-elle après une courte hésitation.

Sans perdre une minute, Pierre saisit à pleine main la masse dorée des cheveux que les ciseaux mordirent en grinçant. Jacqueline frissonna sous le froid de l'acier. Une larme perla au bord de sa paupière.

— Maintenant, vous êtes méconnaissable, déclara Pierre en glissant dans sa veste l'écheveau de soie blonde.

Le fermier eut une exclamation de surprise :

— C'est inouï, comme vous vous ressemblez. On jurerait deux frères jumeaux.

Une glace pendue à la muraille, au fond de la pièce, reflétait l'image des jeunes gens. Jacqueline y jeta les yeux, se mira complaisamment.

À se voir si jolie sous l'accoutrement masculin, toute pareille à Pierre, à peine plus petite et plus frêle, elle oublia presque son chagrin et sourit.

Son compagnon l'arracha à sa contemplation.

— En route, dit-il, et je réponds de votre sûreté.

Dehors, une vieille femme les croisa.

— Bonjour, la mère.

— Bonjour, les gars... Beau temps, à matin.

Jacqueline s'amusa de la méprise de la vieille.

Plus loin, une chouette fit entendre sa plainte lugubre.

La jeune fille s'arrêta :

— Écoutez !

Elle s'étonna que l'oiseau nocturne criât ainsi, en plein jour.

Sans lui répondre, Pierre imita le même cri. Aussitôt, un homme sortit d'un buisson, échangea avec lui quelques mots à voix basse.

Toute tremblante, Jacqueline se tenait à l'écart.

— C'est un chouan ? demanda-t-elle quand Pierre l'eût rejointe.

— Oui... Vous voyez que vous avez bien fait de suivre mes conseils.

— Il ne vous a rien dit ? Vous le connaissiez donc ? On prétend que les brigands sont si féroces !

— Oh ! moi, il me savent inoffensif... Ce n'est pas comme vous, ajouta le jeune homme un peu cruellement. S'il vous avait reconnue...

— Comme je suis heureuse de vous avoir rencontré !

Pierre ne put se tenir de sourire à cet aveu.

— Voilà une opinion qui pourrait bien se transformer par la suite, murmura-t-il in petto.

La route s'allongeait entre les prairies émaillées de fleurettes.

Bientôt, dans le lointain, de l'autre côté des marais de Courseulles, la petite maison de Socrate montra son toit de chaume, sous le couvert protecteur des grands peupliers. Les pommiers blancs et roses apparurent, puis le tapis bariolé des platesbandes.

À quelques pas de la demeure, Jacqueline eut une exclamation :

— Mon oncle !

Dans les allées du jardinet, la silhouette de Socrate se démenait avec agitation.

Il était donc rentré plus tôt que ne l'espérait sa nièce. Qu'allait-il dire de son équipée ?

La mine effrayée de la jeune fille intrigua Pierre. Il la questionna :

— Votre oncle ignorait donc votre absence ?

— Oui, c'est-à-dire, non... balbutia Jacqueline.

Pierre n'insista pas.

Grâce à la conversation surprise sur la terrasse du château de Fontenailles, il était fixé. Tout de suite, il entrevit entre l'oncle et la nièce une explication qui compléterait sa vengeance.

Il avait fait halte.

— Maintenant, Mademoiselle, dit-il sur un ton cérémonieux, avec une révérence de cour, vous n'avez plus besoin de mes services. Ma mission est terminée... De grâce, ne me remerciez pas : c'est pour moi que fut tout le plaisir de notre rencontre.

Puis, tirant de sa poche les boucles coupées, il les tendit à la jeune fille :

— Peut-être vous sera-t-il agréable d'offrir cette précieuse relique à votre ami Louchart, en souvenir de votre expédition. En même temps, vous pourrez lui parler de moi : Pierre. Il me connaît bien. Nous nous sommes rencontrés deux fois, à Mantes et à Bauville... Allons, ne me gardez pas rancune : je me suis montré bon prince, puisque votre escapade tendait à faire arrêter mon protecteur, le comte de Bauville.

Jacqueline écoutait ce discours sans bien en saisir le sens. Les derniers mots seulement firent jaillir une brusque lumière dans son cerveau :

— Vous êtes chouan ? s'écria-t-elle avec un accent de terreur.

— Pour vous servir, Mademoiselle.

Pierre fit un profond salut et s'élança rapide à travers champs.

Jacqueline demeura clouée au milieu du chemin, les yeux agrandis, la bouche entr'ouverte, dans une attitude d'effarement.

Quand Pierre eut disparu derrière un bouquet d'arbres, elle porta machinalement ses regards sur ses boucles blondes qui pendaient, lamentables, entre ses doigts, comme une pauvre chose morte.

Alors seulement elle comprit la ruse imaginée par le jeune homme pour la punir de sa participation aux intrigues de Louchart.

Elle pleura de rage et de chagrin, se gourmandant d'avoir été trop confiante, regrettant même la sympathie que, une minute, elle avait éprouvée pour ce compagnon, si semblable à elle après sa transformation.

En même temps, elle remarqua l'extravagance, un instant oubliée, de son costume. Qu'allait dire son oncle ?... Elle le voyait distinctement arpenter les allées du jardin, sortir sur la route, rentrer avec des marques d'inquiétude...

Sûrement, il l'accablerait de reproches...

Qui sait si, dans sa fureur, il n'irait pas jusqu'à la frapper ? Il était si violent, si irritable. Une fois, elle l'avait vu en colère. C'avait été terrible. Elle s'en souvenait encore après deux années écoulées...

Ah ! qu'elle était loin maintenant de son esprit, la crainte des chouans ! Tout proche, elle prévoyait un danger bien plus terrible, plus menaçant... et plus certain.

Courbant la tête, tristement, lentement, elle s'approcha de la maison...

. . . .

D'abord, Socrate avait eu quelque peine à reconnaître sa nièce dans le jeune gars qui faisait tourner la barrière légère du clos. Il l'avait remise seulement lorsque, toute proche, elle avait levé sur lui des yeux suppliants, encore mouillés de larmes.

Stupéfait, il était demeuré un assez long temps incapable d'articuler une parole. Ses gestes seuls exprimaient l'étonnement causé par cette inexplicable métamorphose.

Puis la colère l'avait emporté. Devant le silence de Jacqueline il avait éclaté, impuissant à se contenir.

— Par la barbe de Jupiter Olympien ! — Socrate jurait volontiers par les dieux de l'antiquité — par la barbe de Jupiter Olympien ! je serais aise de connaître, Mademoiselle, les raisons qui vous obligent à courir les champs, à mon insu, seule, et dans un pareil équipage... Répondrez-vous ?

Tremblante, Jacqueline restait muette, courbant le front sous l'orage.

Socrate poursuivait, s'enflammant davantage :

— Vous n'osez pas m'avouer la vérité, c'est donc que vous poursuiviez quelque but déshonnête ? Vous aviez compté rentrer avant mon retour, et que mon absence me laisserait ignorer votre escapade. Les dieux n'ont pas permis qu'il en soit ainsi... Donc, vous n'avez pour ma vieillesse aucun respect ?... Je vous ai recueillie, élevée comme ma fille, et c'est là toute la récompense que vous daignez m'accorder... Ma parole ! la sensiblerie que l'on montre aujourd'hui à l'égard des enfants les porte à se moquer de nous. La peste soit des réformateurs ; je commence à croire que le vieux temps avait du bon. Mon père eût donné le fouet à une gamine de votre sorte, pour la rappeler au sentiment des convenances. Je ne sais vraiment ce qui me retient d'en faire autant. Tenez, retirez-vous dans votre chambre. Vous y resterez jusqu'à ce qu'il me plaise de vous faire appeler. Je ne sais à quel excès je me porterais si vous demeuriez devant mes yeux...

Sans se faire prier, Jacqueline s'était hâtée d'obéir, heureuse de se soustraire, par ce moyen, à la colère de son oncle...

Depuis deux jours, elle était prisonnière dans sa chambre.

En tête à tête avec elle-même, sans autre horizon qu'un peu de ciel, une branche de pommier et un coin de dune qu'encadrait le chambranle de la fenêtre, elle avait tout loisir de réfléchir.

Maintenant que Louchart, en laissant voir sa couardise, avait tué le prestige dont l'entourait l'imagination romanesque de la jeune fille ; maintenant que s'était évanoui le haut fonctionnaire républicain, le héros antique, qu'elle avait admiré, en le parant des qualités les plus nobles, elle comprenait toute l'horreur de la machination dont il avait su la rendre complice inconsciente. Elle avait honte de sa conduite.

Elle se revoyait au château de Fontenailles, dans son rôle de comtesse, recevant M. de Bauville et ses compagnons, les invitant à se désarmer pour les livrer sans défense à leurs ennemis...

C'était elle, Jacqueline, qui avait fait cela ! Et pourquoi ? En vérité, elle n'aurait su le dire...

Etait-ce pour le plaisir puéril de jouer à la châtelaine ? Pour la joie de duper des nobles, orgueilleux de leur nom, et de faire souffrir leurs femmes par contre-coup ?

En tout cas, elle pleurait amèrement sa faute.

Obsédée par son chagrin, rien ne l'en pouvait distraire.

A ses yeux attristés, les murs de sa chambrette paraissaient tristes, malgré la tenture claire de toile de Jouy à ramages, les sièges laqués, le petit lit capitonné de soie tendre, entre les colonnettes blanches finement sculptées.

Dans le vase de faïence, sur la cheminée, les fleurs fanées penchaient la tête.

A contempler leur agonie, la jeune fille sentait croître sa tristesse...

Oh ! sortir de cette prison, tout dire à son oncle, obtenir son pardon à tout prix. Ce désir, au matin du troisième jour, était si obsédant que Jacqueline en fit part à la vieille servante apportant la pitance de la recluse.

Marion promit d'intercéder près de son maître.

Socrate souffrait autant que sa nièce de la rigueur du châtiment infligé par sa colère.

Rendu à son ancienne solitude, il errait comme un corps sans âme dans la petite maison qu'égayaient naguère les chants, le babillage de Jacqueline, et qui maintenant semblait morte. Au repas, le silence lui pesait. Vainement il tentait de se distraire en s'absorbant dans la lecture des philosophes préférés. Son esprit discernait mal le sens des caractères courant sur les pages blanches. Découragé, il fermait le volume, repoussait son assiette, sans appétit. Il guettait la servante ; son cœur se serrait, à la voir redescendre de chez la prisonnière, en rapportant intacte la portion préparée.

Vingt fois il fut sur le point de faire appeler la coupable, de lui ouvrir les bras ; mais le sentiment de sa dignité l'en empêcha. Au moins fallait-il que la punition servît à quelque chose, et qu'avant de pardonner, il apprît la faute exacte de sa nièce.

Lorsque Marion lui transmit la prière de Jacqueline, il éprouva une grande joie.

Pour ne pas paraître se rendre au premier désir de la jeune fille, et aussi pour ménager son amour-propre, il résolut de ne pas céder tout de suite...

Impatiemment, il suivit sur le cadran de la vieille horloge la course trop lente des aiguilles.

Dès que sonna l'heure qu'il s'était fixée, il gravit l'escalier de bois, pénétra dans la chambre de Jacqueline.

La prisonnière écoutait les pas résonner sur les marches, s'approcher... La porte s'ouvrit.

— Mon oncle, pardonnez-moi !

Elle allait se jeter dans ses bras, il l'écarta très digne, le regard sévère, et traversa la chambre ; puis, prenant place dans l'unique fauteuil :

— Pas avant d'avoir ouï vos explications, Mademoiselle... Justifiez-vous. Je vous écoute.

Debout, devant lui, les yeux baissés, Jacqueline fit l'aveu de sa faute. Très vite, avec la hâte de soulager son cœur, d'une voix que les sanglots rendaient haletante, elle conta la proposition de Louchart, les mille ruses, les flatteries qu'il avait employées pour la convaincre, en lui peignant ses projets sous couleur d'héroïsme patriotique.

Elle dit ses résistances, la répugnance qu'elle avait éprouvée à tromper son oncle, si bon pour elle ; mais Louchart avait triomphé de ses scrupules. Dominée par sa volonté supérieure, elle avait écrit sous sa dictée la lettre au comte de Bauville, puis, le lendemain, Louchart l'avait conduite à Fontenailles.

Là, il s'était éclipsé, la laissant seule devant la grille d'entrée, après lui avoir fait la leçon.

Elle avoua la comédie jouée pour abuser l'intendant, tout heureux de voir la nouvelle comtesse, l'arrivée des chouans, le dîner brusquement interrompu par les bleus, la fuite de Bauville et des siens, enfin, la lâche défection de Louchart, abandonnant seule, aux représailles possibles des royalistes, celle qu'il avait entraînée sans vergogne dans cette aventure.

Elle conta, pour finir, la rencontre de Pierre, pris par elle pour un républicain, la ruse de celui-ci pour parvenir à lui couper les cheveux ; vengeance bien douce, elle l'avouait, en comparaison du mal qu'elle pouvait faire à ses amis.

A mesure que Jacqueline parlait, Socrate s'était départi de la mine sévère, composée depuis son entrée dans la chambre de sa nièce, et qui lui donnait l'aspect d'un juge au tribunal.

Quand elle eut terminé son récit :

— Malheureuse enfant ! s'écria-t-il sur un ton plus chagrin que courroucé. Comment n'as-tu pas compris toute l'odieuse lâcheté de l'aventure où t'entraînait ce Louchart ?... Sans doute, il est plus coupable que toi ; mais tu devais lui résister.

— Il m'avait montré les chouans comme des ennemis de la patrie.

— Etait-ce une raison pour les attirer dans un guet-apens ? Ce sont des moyens que je réprouve, tu le sais bien... Sans doute, les hommes ne valent que par leurs vertus. Ils sont frères. Faute de le comprendre, ils se déchirent. Pour mettre fin à la lutte, il suffirait de prouver aux royalistes l'excellence du régime nouveau. La cruauté des guillotineurs ne fait que les irriter, loin de les convaincre... Ces théories, maintes fois, je les exprimai devant Louchart qui parut y souscrire. Cependant, j'acquis peu à peu la preuve que son zèle patriotique masquait le désir peu louable de toucher la prime promise au délateur du comte de Bauville. Voilà le noble projet auquel il ne craignit point de t'associer... En outre, j'ai pris sur ce Louchart des renseignements pendant mon court séjour à Caen. Sais-tu ce que j'ai découvert... Le personnage est un ancien valet du comte. Je n'en suis pas surpris ; il a l'âme d'un laquais.

Jacqueline, à cette révélation, sentit croître sa confusion.

— Oh ! je le méprise ! s'écria-t-elle. Lâche et menteur qui m'a trompée...

Timide, elle ajouta :

— Au moins, mon oncle, me pardonnez-vous ?

— Oui, je te pardonne, car tu as été bien punie de ta coupable étourderie.

Il ouvrit les bras ; Jacqueline s'y jeta, vint se blottir sur ses genoux, la tête sur son épaule, avec une câlinerie de petite fille.

Socrate se sentait tout ému. Ses yeux le piquaient.

— Je te pardonne, répéta-t-il, mais je ne suis pas seul en cause. La comtesse de Bauville peut nous croire complices de ce Louchart. Je ne le veux pas... Nous irons la trouver ensemble ; nous lui dirons la vérité, et à elle aussi tu demanderas pardon... C'est entendu ?

La jeune fille noua ses deux bras au cou du vieillard et mit un baiser sur sa joue.

— Descendons, dit Socrate pour cacher son émotion.

Dans le clos, ils se promenèrent sous les rameaux noueux des pommiers fleuris ; puis Socrate tira sa montre, un gros oignon d'argent, dont le cordon s'alourdissait d'énormes breloques.

— Nous avons encore le temps d'aller à Bauville avant dîner. Conformons-nous au proverbe qui dit : « Il ne faut pas remettre au lendemain ce qu'on peut faire le jour même. »

Jacqueline se coiffa d'un large chapeau bergère : Devant la glace, il lui plut de constater que ses cheveux coupés ne déparaient point l'harmonie de son visage.

Elle s'éloigna, toute menue, au bras de son oncle, sur la grande route ensoleillée, entre les tapis éclatants qu'étendaient à perte de vue les colzas en fleurs.

En traversant la cour d'honneur, derrière le valet accouru à leur rencontre, Jacqueline s'étonna de la modestie de la demeure, plutôt ferme que château. Involontairement, elle se rappela Fontenailles, d'architecture plus imposante, et en même temps lui vint le souvenir de la démarche qui l'amenait ici, à la suite de son oncle.

Elle rougit, se sentit humiliée à la pensée de la blessure qu'allait souffrir son amour-propre. Pour la première fois, elle s'en rendait compte. Désireuse de rentrer dans les bonnes grâces de son oncle, elle avait accepté l'épreuve sans réfléchir. Maintenant, elle le regrettait presque.

Dans la bibliothèque, où l'on introduisit les visiteurs, l'or des reliures rougeoyait sous les rayons obliques du soleil.

La comtesse, à leur entrée, se leva, vint au-devant d'eux, affable, la lèvre fleurie d'un sourire.

Rapidement, Socrate exposa le but de leur visite ; mais aux premiers mots d'excuse de Jacqueline, Mme de Bauville l'interrompit ; avec une grâce charmante, elle l'attira contre elle et mit un baiser sur son front.

— Votre nièce est bien jolie, Monsieur, et cette coiffure lui sied à ravir.

Les joues de la jeune fille s'empourprèrent. Elle prit pour une moquerie cette allusion à ses cheveux coupés ; mais l'air aimable de la comtesse l'eut vite détrompée.

D'ailleurs, Socrate, sans souci de porter atteinte à la dignité de sa nièce, contait l'aventure dans tous ses détails, comment Pierre s'était vengé sur la coquetterie de la jeune fille.

Mme de Bauville eut pitié de l'embarras de Jacqueline, de sa mine penaude.

— En tous cas, fit-elle, la punition n'a pas atteint son but, car votre nièce est ravissante ainsi, et la voici parée à la dernière mode, avec ses cheveux à l'enfant.

Jacqueline remercia du regard.

A ce moment, la porte donnant sur le vestibule s'ouvrit doucement, et le gracieux visage de Marie-Antoinette parut dans l'entre-bâillement.

La comtesse appela l'enfant, la présenta à ses visiteurs.

La fillette, tout de suite, accapara Jacqueline, parla de l'emmener dans le parc, désireuse de lui faire les honneurs de la maison, en petite femme déjà rompue aux belles manières.

— Vous permettez, maman ?

Mme de Bauville consulta Socrate et, sur son acquiescement, consentit.

— Madame, commença le vieillard, dès qu'il fut seul avec la comtesse, vous devez être surprise qu'un républicain, votre ennemi politique, vous ait une première fois évité de tomber aux mains des bleus et vienne aujourd'hui s'excuser d'avoir indirectement trempé dans un guet-apens que les mœurs actuelles ne réprouvent nullement...

— Vous oubliez, Monsieur, un autre service dont nous vous sommes redevables. Vous avez sauvé la vie d'un enfant qui nous est tout dévoué et que nous aimons comme un fils : Pierre Piperel.

— Serait-ce lui qui se vengea si spirituellement de ma nièce ?

— Lui-même.

— Je suis alors doublement heureux de l'avoir obligé, car c'est à cela sans doute que je dois la douceur dont il usa à l'égard de Jacqueline. Le châtiment qu'il imagina était fort innocent, et en tout cas mérité.

— Eh quoi ! Monsieur, s'écria la comtesse sur le ton du plus profond étonnement. Est-ce bien vous que l'on m'avait dépeint sous les traits d'un farouche jacobin ?

Socrate ne put s'empêcher de sourire.

— Certes, je hais la tyrannie et j'adore la liberté ; mais je ne veux pas que, au nom des principes immortels, au nom des idées les plus nobles et les plus pures, on mette à mort, on persécute ceux que ne séduit pas la beauté du régime nouveau.

— Si je ne partage point vos opinions, Monsieur, je reconnais du moins que, ainsi comprises, elles sont loin de ressembler aux folles visées qui ont amené le meurtre de notre bon roi.

— La mort du roi était inutile, mais les idées révolutionnaires n'étaient pas mauvaises. On est allé trop loin et trop vite. A qui la faute ?... A nous, peut-être, à nous, gens de la noblesse, qui n'avons pas su...

— Eh quoi, Monsieur, vous seriez gentilhomme ? interrompit Mme de Bauville. Ah ! j'aurais dû m'en douter.

Socrate se mordit les lèvres. Entraîné par le feu de l'éloquence, il en avait trop dit.

Il parut hésiter une seconde, puis, prenant brusquement son parti :

— Oui, je suis gentilhomme... Ce nom de Socrate, le seul sous lequel on me connaisse ici, est un surnom que m'ont valu mes allures de philosophe. Je m'appelle réellement le marquis de Maurevers, et puisque mon secret vient de m'échapper, je vous supplierai, Madame, de ne le point divulguer.

— Je vous le promets.

— Si je savais ne pas abuser de votre patience, je vous conterais ma vie, et quels événements m'ont détaché de la royauté pour me faire embrasser les idées nouvelles.

— Je vous écoute, Monsieur.

— Je naquis en 1730, au château de Maurevers, en Picardie. J'ai donc aujourd'hui soixante-trois ans. Tout jeune, je perdis ma mère ; mon père se remaria et je ne trouvai point, chez ma belle-mère, l'affection que j'aurais désirée. Passionné pour l'étude et surtout pour la philosophie, livré à moi-même par l'insouciance de mes parents, je me confinai dans la société de mes livres.

C'était l'époque de Diderot et de Rousseau. Leurs œuvres me remplirent d'admiration, et je voulus en connaître les auteurs. Je vins à Paris, et bientôt mon rêve se réalisait, j'étais admis dans le cénacle de mes grands hommes.

Je revois encore la petite pièce paisible où nous nous réunissions, chez Diderot, avec Rousseau et d'Alembert. Les livres escaladaient les murailles du plancher au plafond. L'hiver, les bûches flambaient dans l'âtre et jetaient leur lueur familière sur le dos des volumes alignés ; les bougies sous l'abat-jour éclairaient les visages calmes des causeurs.

C'est là que j'entendis la première lecture du *Contrat social*, et cette minute décida de mon avenir. La théorie du contrat, base de toute société, fit sur moi une impression profonde. Je ne doutais point que, en effet, l'individu ne dût aliéner sa liberté au bénéfice de la communauté et s'engager à subir l'expression de la volonté générale. C'est dans cette disposition d'esprit qu'on me présenta à la cour.

M. de Choiseul, ministre de Louis le Bien-Aimé, venait de recevoir son congé. Maupeou, Terray et d'Aiguillon lui succédaient. La France avait perdu ses colonies ; elle marchait à la ruine. Le spectacle qui s'offrit à ma vue me remplit de peine et de dégoût. Pourtant, quelques hommes vertueux tentaient de rappeler le roi aux sentiments de l'honneur. Vains efforts. Un jour que devant moi quelqu'un exprimait ses doléances à Louis XV, celui-ci haussa les épaules, et dans une pirouette lança : « Bah ! la France durera bien autant que moi ! » C'en était trop. La colère m'emporta et je franchis les bornes du respect. Le roi m'ordonna de me retirer dans mes terres et d'y attendre sa décision. J'obéis et rentrai à Maurevers.

Du second mariage de mon père, une fille était née. Elle avait dix-huit ans. Quand j'arrivai en Picardie, ma belle-mère venait de mourir. J'étais donc l'unique protecteur de ma sœur. Pendant les deux ans que je demeurai auprès d'elle, je m'ingéniai à conquérir son affection. Elle était d'un naturel sensible. Je réussis à me faire aimer. A cette époque, c'était au début de 1774, nous apprîmes que les colonies américaines s'insurgeaient contre l'Angleterre.

En France, un grand mouvement de sympathie se dessinait en faveur des Américains. Mes lectures, mes causeries avec les philosophes les plus éminents du siècle, m'avaient admirablement préparé à prendre parti pour ces champions de la liberté. Déjà le bruit courait que le marquis de La Fayette se disposait à s'embarquer à Bordeaux pour le Nouveau Monde. Je résolus de le suivre et m'en ouvris à ma sœur. Elle pleura, et se mit en tête de me vouloir accompagner.

Je cédai.

Sur le navire, un jeune officier français, le baron de Prémesnil, se lia avec nous. Il s'éprit de ma sœur et demanda sa main. Le mariage fut célébré à Boston dès que nous fûmes débarqués.

Au nom de Prémesnil, Mme de Bauville avait eu un geste de surprise ; mais elle se garda d'interrompre.

— Ce que fut notre existence, poursuivit Socrate, je ne vous le dirai point, Madame : notre histoire est celle même de la guerre. Aux côtés de La Fayette et de Rochambeau, mon beau-frère fit merveille. Malheureusement, ma pauvre sœur avait un courage au-dessus de ses forces. La vie de dangers, de privations qu'il lui fallait partager avec son mari l'épuisa vite. Nous eûmes la douleur de la perdre en 1778. Elle mourut en donnant le jour à un fils, Pierre. Elle laissait, en outre, une fillette d'un an, Jacqueline, que vous connaissez ; Pierre aurait à peu près l'âge de votre protégé qui porte précisément le même nom.

Après un court silence, que la comtesse se garda bien de troubler, Socrate reprit :

— Seuls, avec deux enfants aussi jeunes, nous ne pouvions rester en Amérique

Nous décidâmes donc de rentrer en France, où la mère de mon beau-frère se chargerait d'élever sa petite famille. Nous nous embarquâmes.

Chemin faisant, nous apprîmes par un courrier la mort de la douairière de Prémesnil. Nous poursuivîmes notre route, sous ces mauvais auspices, et, près du Hâvre, une tempête nous assaillit. Notre navire, déjà vieux, fatigué, fit mauvaise contenance. Il ne gouvernait plus. Une lame plus forte que les autres s'abattit sur le pont, avec un grand fracas. Un trou énorme béa dans la coque ; l'eau se précipita de toute part... Ce fut tout.

On me hissa, presque sans connaissance, dans une barque, avec ma nièce que je tenais serrée entre mes bras. Ainsi, nous fûmes sauvés, tous deux, par miracle... Mon beau-frère et son fils périrent dans les flots.

Je mis Jacqueline en pension jusqu'à la Révolution. Alors seulement je la fis venir auprès de moi, à Courseulles, où je m'étais retiré. Je l'aime comme ma propre fille.

Mme de Bauville éprouvait une émotion poignante. Sa voix tremblait quand elle demanda :

— Vous êtes sûr que M. de Prémesnil et son jeune fils n'échappèrent point à la mort ?

— Sans doute... Comment admettre, s'il en était autrement, que je n'aie jamais reçu de leurs nouvelles ?

— Votre beau-frère ne pouvait-il, lui aussi, vous croire mort ?

Une lueur d'espoir, vite éteinte, brilla dans les yeux de Socrate.

— C'est vrai !... Mais à quoi bon se leurrer ? Ils n'ont pu survivre au naufrage.

— Vous vous trompez ! articula la comtesse.

Socrate la fixait, anxieux, sans oser comprendre.

— Eh quoi ! vous supposez que...

— Je ne suppose pas, j'affirme ! Votre neveu n'est autre que notre protégé, celui que vous avez tiré des griffes de Louchart : Pierre Piperel, de son vrai nom Pierre de Prémesnil.

— Quelle étrange coïncidence ! murmura le vieillard... Et l'enfant...

— Ne sait rien.

Et la comtesse répéta le récit de Piperel, touchant la naissance de Pierre.

— Son père adoptif, ajouta-t-elle en terminant, n'a pas cru devoir lui apprendre sa véritable origine. Lui vivant, il ne nous appartient pas, sans y être autorisés, de dévoiler son secret.

— Vous avez raison, Madame, j'ai laissé Jacqueline dans la même ignorance. Le moment serait mal choisi pour publier l'état civil de ces enfants. Attendons des temps plus propices... Par votre intermédiaire, je pourrai veiller sur mon neveu comme je veille sur sa sœur, comme je veillerai sur vous, si vous le permettez.

La comtesse acquiesça.

Socrate dit encore, avant de sortir, avec un bon sourire :

— Je ne suis pas un énergumène, et le farouche jacobin qu'on vous avait dépeint ne permettra pas, tant qu'il vivra, qu'il vous soit fait aucun mal.

L'été passa. Les visites de Socrate se renouvelèrent assez souvent. Marie-Antoinette et Jacqueline se lièrent d'amitié.

A fréquenter la comtesse, à la voir si bonne, si simple, Jacqueline oublia peu à peu ses anciens préjugés, ses haines un peu puériles pour les aristocrates orgueilleux de leur nom. Seulement, vis-à-vis de Pierre, elle se tenait toujours sur une certaine réserve.

De grand cœur, il avait pardonné à la jeune fille son rôle dans le guet-apens de Fontenailles ; mais elle se montrait plus rancunière. Elle oubliait difficilement l'humiliation que lui avait infligée son compagnon de route. Les blessures d'amour-propre sont les plus longues à guérir.

Heureusement, Pierre se rencontrait rarement avec elle. Il faisait de fréquentes visites au camp de Cerisy. Sa présence au château de Bauville n'était plus guère utile depuis que Socrate y venait souvent.

L'amitié du vieillard, considéré dans toute la contrée comme un fervent républicain, était une sauvegarde pour la comtesse et pour sa fille. D'ailleurs, le pays était calme.

Louchart, le principal agitateur, avait disparu depuis l'aventure de Fontenailles. Sans doute avait-il jugé prudent de ne point affronter la colère de Socrate, ni risquer une partie qui semblait perdue d'avance. Quant à la garde nationale de Courseulles, elle avait assez à faire en surveillant les faux sauniers et les contrebandiers sans tracasser de pauvres femmes inoffensives.

Seules, les troupes étrangères au pays étaient à redouter ; mais elles se portaient plutôt sur le théâtre même de la guerre, en Vendée.

L'automne vint, les arbres se couvrirent de rouille, puis firent pleuvoir une jonchée d'or sur les allées des quinconces.

Les chasseurs du roi avaient accru leur effectif, encore que leurs exploits se bornassent à des escarmouches : protéger un village terrorisé par les patriotes, délivrer un curé insermenté que l'on menait en prison.

Brusquement apparus, dispersés aussi promptement, ils inspiraient la terreur, et des légendes circulaient sur leur compte.

Connaissant merveilleusement le pays, aptes à se mouvoir avec célérité, on les pouvait voir presque simultanément sur plusieurs points assez éloignés, et volontiers leurs ennemis, effrayés, leur attribuaient le don d'ubiquité.

Mais, à leur ardeur batailleuse, le champ d'action paraissait trop étroit. Bientôt, les événements allaient permettre à leur activité de se dépenser.

On était à la fin d'octobre, quand arriva la nouvelle de la défaite, à Cholet, de la grande armée vendéenne. Quelques jours après on apprenait que les Vendéens passaient la Loire, à Saint-Florent, dans le dessein de se joindre aux royalistes de Normandie. En même temps, un courrier apportait à Cerisy une lettre de Charette pour le comte de Bauville :

Monsieur le Comte,

M. le prince de Talmont, général en chef, nous prie de vous mander que le Conseil supérieur de l'armée catholique et royale a résolu d'attaquer Granville le 14 de novembre.

Nous comptons que votre vaillante petite troupe ne faillira point à se joindre à nous.

CHARETTE.

A haute voix, dans la grotte aux voûtes sonores comme une nef de cathédrale, à la lueur rougeâtre des torches résineuses, le comte de Bauville ayant rompu le large cachet de cire aux armes royales supportées par deux chouettes, avec la devise : *In sapientia robur*, donna lecture de la missive. La joie se peignit sur les visages farouches assombris par les larges chapeaux à cocarde blanche. Des cris s'élevèrent :

— Vive le roi !

Quand le calme se fut rétabli, Pierre s'approcha de M. de Bauville :

— Vous m'emmenez, Monsieur le comte ? demanda-t-il sur un ton suppliant.

— Non, mon ami. Ta place est auprès de la comtesse et de Marie-Antoinette.

Pierre eut une moue chagrine.

— Mais il n'y a plus de bleus par ici..

— Ils peuvent revenir, lorsqu'ils connaîtront nos projets. La situation des habitantes de Bauville, exposées aux représailles, sera plus périlleuse que jamais. Tu veilleras sur elles et, en cas de danger pressant, tu les aideras à passer en Angleterre. Le capitaine Mériel, de Courseulles, mettra, j'en suis sûr, son navire à ta disposition... Allons, mon ami, ne m'en veuille pas. Ton rôle ici est aussi enviable qu'un poste de combat... Embrassons-nous, et si tu ne me revois pas, n'oublie jamais que c'est à toi que je confie ma femme et ma fille.

Le comte et l'enfant s'étreignirent longuement.

Le lendemain, Pierre reprenait le chemin de Bauville, pendant que les chasseurs du roi se disposaient à gagner Granville à petites journées, sans trop attirer l'attention des bleus.

VII

A Madame la comtesse de Bauville, château de Bauville.

Camp de l'armée royale, au Mans.
9 décembre 1793.

J'ai de tristes nouvelles à vous mander, Madame, et je ne doute pas qu'elles ne vous affligent autant qu'elles me peinent moi-même.

Nous venons d'essuyer devant Granville un funeste échec.

Le 14 de novembre, à 8 heures du matin, nous nous présentâmes devant la ville, en même temps que M. Stofflet, qui commandait l'avant-garde de l'armée catholique et royale. Nous prîmes aussitôt position. Le gros des troupes vint nous rejoindre avec l'artillerie qui se posta.

Le siège commença. Il ne devait pas durer moins de trente heures consécutives, au bout desquelles il nous fallut battre en retraite, abandonnant dix mille des nôtres sur le terrain.

Ah ! mon amie, ne comptez pas que ma triste plume vous puisse retracer un tableau de cette lutte héroïque de part et d'autre. Sachez seulement que nos chasseurs se conduisirent en braves, comme toujours.

Plusieurs d'entre eux ne reverront point leur femme, leurs enfants, mais, du moins, ont-ils eu cette suprême consolation de mourir en héros et de ne pas survivre à notre défaite.

Le courrier qui vous remettra cette lettre vous dira à qui l'on doit imputer la responsabilité de notre désastre : la flotte anglaise de lord Moira, qui devait effectuer un débarquement, n'a pas paru. Cette abstention rendait notre tentative inutile de même que le sacrifice de nos infortunés compagnons d'armes...

Aussi, pourquoi chercher du secours auprès de l'étranger contre notre pays ? Funeste égarement des hommes !

Contraints d'abandonner Granville, nous nous dirigeâmes sur Le Mans sans être gravement inquiétés par les républicains qui n'avaient pas eu le loisir de concerter un plan de défense. Pourtant, une ruse qu'ils employèrent pour retarder notre marche aurait pu avoir des suites les plus fâcheuses.

Sachant qu'un seul chemin était praticable pour notre artillerie qu'escortaient les chasseurs du roi, ils y firent transporter un amas énorme de bois auquel ils mirent le feu.

Toute cette route présentait l'aspect d'une longue allée, dont les arbres abattus et enflammés formaient un immense brasier sans lacune.

Il nous fallait traverser cet incendie avec notre artillerie, au risque de voir sauter nos caissons. Les soldats qui les précédaient s'efforçaient, tant bien que mal, d'écarter des brandons et de leur frayer un sentier sur l'espace qu'ils devaient parcourir ; mais cette opération hâtive et fort incomplète ne pouvait guère nous rassurer.

Vous jugez de notre péril : traîner des monceaux de poudre sur un terrain fumant, au milieu des tisons écroulés sous les roues, dans un jaillissement d'étincelles.

Pendant tout le trajet, le plus profond silence régna dans toute l'armée. On entendait battre les cœurs dans les poitrines.

Vous comprendrez le degré de notre anxiété quand je vous aurai dit que nous avions à charge la sûreté de plusieurs dames qui, ayant passé la Loire avec les Vendéens, suivaient l'armée. Entre autres, Mme la marquise de Bonchamp, la veuve du général mort glorieusement à la bataille de Cholet. En la voyant, je songeais, involontairement, qu'un jour peut-être les événements vous réserveraient un sort semblable.

Grâce à Dieu, le passage s'effectua sans accident.

Ensuite, nous entrâmes au Mans sans difficulté ; mais nous y demeurons beaucoup trop longtemps. Notre inaction donne à l'ennemi le temps de se refaire. Je tremble à chaque instant de nous voir entourer par des forces supérieures en nombre.

Le Conseil supérieur tarde trop à prendre une résolution. Fasse le ciel que nous n'ayons point à nous en repentir.

Adieu, mon amie, toute ma tendresse.

Votre souvenir ne m'abandonne point. Je fais des vœux ardents pour votre sûreté et celle de notre chère Antoinette. Embrassez-la pour moi, et priez Dieu pour le succès de notre cause.

Je vous baise les mains.

CHARLES, comte DE BAUVILLE.

P.-S. — Si quelque danger vous menaçait, fiez-vous entièrement à Pierre. Il a reçu mes instructions et je ne doute pas qu'il ne fasse tout au monde pour s'y conformer. Il nous a donné des preuves de sa vaillance et de son dévouement, et je lui lègue, au cas où il m'arriverait malheur, le soin de continuer ma tâche.

Le surlendemain, 11 décembre, à l'heure même où cette lettre parvenait à Mme de Bauville, les prévisions du comte se réalisaient. A l'aube, des cris soudainement s'élevèrent en tumulte, pendant que les tambours battaient le rappel à coups précipités :

— Alerte ! alerte !

— Les bleus !

Sorti de la maison des faubourgs où l'avait logé la victoire, le comte se hâta vers le quartier général, tandis que sa troupe se formait.

Au centre de la ville, sur la place, il trouva Stofflet et La Rochejaquelein, donnant des ordres à leurs officiers.

La Rochejaquelein courut à sa rencontre :

— Vos hommes sont rassemblés, Monsieur le comte ?

— Oui, général.

— Les bleus manœuvrent pour nous entourer. Veuillez aller en reconnaissance le long de la rivière vers le Nord, jusqu'à ce que l'ennemi soit découvert. Vous me renseignerez ensuite par estafette.

Sortis de la ville, les chasseurs du roi suivirent la Sarthe, en ordre dispersé, Bauville à leur tête avec Villefranche.

La rivière coulait rapide entre des berges élevées.

On marchait avec précaution, par crainte d'une surprise.

Tout à coup, entre les basses branches d'un bouquet d'arbres défeuillés, des éclairs brillèrent ; une détonation retentit.

Un chasseur du roi s'abattit, face contre terre. Un mince filet de sang traça sur le sol une ligne pourpre.

Le cheval du comte se cabra.

Au commandement de Villefranche, les chouans répondirent par une décharge dans la direction du bois.

L'ennemi se découvrit. Brave-la-Mort ajusta l'officier qui tomba sur le dos avec un tintamarre de ferraille. Ses hommes s'enfuirent, poursuivis par les balles des chouans.

Mais les collines à l'entour se peuplèrent de soldats en tricorne ; le canon tonna de toutes parts.

Bauville donna le signal de la retraite. On se replia sur la ville en bon ordre.

Le cercle des républicains se resserrait en descendant vers la plaine.

Devant la menace, au souvenir récent du désastre de Granville, l'armée royale prit peur. La déroute se mit dans ses rangs. Vainement les officiers exhortèrent leurs hommes. Ils se disloquèrent. Les bataillons lâchèrent pied en panique.

Formidable, leur élan traversa les lignes ennemies.

Avec ses chasseurs, Bauville protégea la retraite, constamment harcelé par les cavaliers républicains.

Enfin une estafette vint l'avertir que l'armée royale se retirait sur Ancenis pour repasser la Loire. Stofflet avait pu rassembler ses hommes ; les bleus se montraient moins menaçants.

Aussitôt, le comte manœuvra pour faire entrer ses chasseurs sous le couvert d'un bouquet de bois, séparé de la route par des champs coupés de haies et de fossés.

La cavalerie ennemie tenta de l'y poursuivre, mais les chevaux s'empêtrèrent dans les ronces, bronchèrent devant les haies, s'enlisèrent dans les fossés boueux.

Les chouans échappèrent facilement.

Le tumulte de la bataille, le roulement des chariots s'éloigna. Un silence de mort tomba avec la nuit.

On se compta : dix hommes manquaient à l'appel !...

On dormit mal cette nuit-là au camp des chasseurs du roi, et plus d'une larme silencieuse coula, furtive, sur les joues fanées, se perdit dans les rudes moustaches des guerriers.

Le lendemain, on se remit en marche, vers Cerisy...

❦

... Louchart n'était pas belliqueux. Aux risques du combat, il préférait les ruses de l'intrigue.

Après l'échec de sa tentative criminelle au château de Fontenailles, il était rentré dans l'ombre, peu soucieux d'affronter le blâme de Socrate qu'il pressentait. Pourtant sa haine contre le comte de Bauville n'avait pas désarmé.

La prime alléchante promise au délateur excitait son zèle. Il ne renonçait pas à l'espoir de faire arrêter son ennemi, de le livrer aux autorités et, les poches garnies d'or, le cœur joyeux, de voir rouler sur l'échafaud la tête de son ancien maître.

Dans sa retraite apparente, il n'était pas demeuré inactif.

Maintes fois, pour arriver à connaître l'endroit exact où se trouvait le camp des chasseurs du roi, il s'était aventuré dans la forêt de Cerisy, mais elle était vaste, on risquait de s'y égarer, et puis les chouans faisaient bonne garde.

Rien qu'à entendre, dans la profondeur des taillis, le cri lugubre de la chouette, il avait eu la chair de poule et s'était enfui, sans être renseigné.

Se risquer du côté de Bauville, il ne l'osait plus. On le connaissait. Pierre était à demeure au château ; Socrate y venait souvent. Quant à Jacqueline, sûrement elle lui gardait rancune de son abandon et il n'avait plus à compter sur sa collaboration.

Sur ces entrefaites, la nouvelle s'était répandue du passage de la Loire, de la marche de l'armée royale sur Granville, des victoires d'Entrammes, de Laval.

Les troupes de Westermann étaient occupées en Bretagne avec Charette. On n'avait pas de forces à opposer aux envahisseurs.

Au milieu de l'affolement général, Louchart se tint coi : il jugeait inutile d'attirer l'attention sur sa personne. On n'aurait eu qu'à lui reprocher son indifférence, à l'inviter à partir en guerre... brr !... il tremblait rien qu'à cette pensée. Il ne se voyait pas du tout au milieu de la mitraille... Non, non, son plan était tout autre. Pour le mettre à exécution, il attendrait une minute propice.

L'occasion se présenta.

Les chouans de Bauville partis pour un assez long temps, une expédition dans la forêt de Cerisy devenait sans danger. Il en profiterait.

Le jour même où l'on apprenait la déroute du Mans, il se mit en route.

La neige tombait, tendant un blanc rideau entre les colonnades que formaient les troncs d'arbres défeuillés.

Connaissant mal les chemins, il avançait péniblement dans le dédale des sentiers, entre les maigres buissons.

La nuit tomba vite. Il eut peur dans le grand silence ouaté de neige.

Soudain, une faible lumière clignota dans l'obscurité devant lui. Il s'arrêta le cœur battant.

Que faire ?... Frapper, demander un asile ? C'était dangereux... D'autre part, demeurer dehors, par ce froid qui lui gelait les os, ne l'était guère moins...

Il hésitait...

Un frisson lui secoua l'échine. L'instinct de la conservation l'emporta sur la prudence, lui rendit la confiance en sa ruse naturelle.

Délibérément, il prit son parti, se hâta vers le point lumineux.

Il arriva devant une hutte de branchages, comme en construisent les charbonniers.

A trois reprises il heurta l'huis.

Une voix puissante cria, de l'intérieur :

— Qui va là ?

— Un voyageur égaré...

Un bruit de pas. La porte s'ouvrit ; un homme apparut sur le seuil, une chandelle à la main.

Devant la brusque clarté, les yeux de Louchart cillèrent, éblouis ; puis, peu à peu, il distingua les traits farouches de son hôte, dans un visage barbu de noir aux sourcils rapprochés.

L'examen fut loin de le rassurer. Pourtant, à tout hasard, il fit le signe des francs-maçons, posant le pied gauche en avant, repliant le bras gauche en l'air et plaçant la main droite dans le coude.

L'homme, à cette vue, se dérida :

— Entre, dit-il.

Puis, dès la porte refermée, il demanda :

— Quelle Loge ?

— Orient de Paris, répondit Louchart. Et toi ?

— *Thémis*, de Caen... Que puis-je faire pour toi, frère ?

En même temps, l'homme désignait un escabeau près de la table, et plaçait devant Louchart les reliefs d'un frugal repas.

Rassuré, celui-ci mangea de bon appétit et se versa de larges rasades ; après quoi il consentit à satisfaire la curiosité de son hôte et la sienne propre, par la même occasion.

Leur conversation se prolongea fort avant dans la nuit. A l'aube, ils se séparèrent.

— Je compte sur toi ? demanda Louchart en prenant congé.

Pour toute réponse, l'autre étendit la main, la paume tournée vers la terre, le pouce replié en dedans.

Louchart répéta le geste.

— Bonne affaire, murmura-t-il en s'éloignant, j'arrive au but sans risquer ma peau, grâce au zèle de ce nigaud.

Il avait repris sa démarche sautillante et se frottait les mains, tout joyeux.

— Une vraie chance d'avoir trouvé un affilié dans ce charbonnier... Il m'a pris pour un vénérable et m'obéira sans hésitation... Cette fois, Monsieur le comte de Bauville, vous ne m'échapperez pas !

Il arriva à Bayeux, pour apprendre que les débris de l'armée royale repassaient la Loire.

Il courut chez le commissaire du district.

— Avez-vous des nouvelles ? demanda-t-il sans préambule en entrant.

Triomphant, le fonctionnaire annonça les victoires républicaines.

— Et les chasseurs du roi ? interrogea Louchart.

— Ils ont subi de rudes pertes... Ils reviennent ; on les signale aux environs de Saint-Lô. Bientôt, ils vont de nouveau terroriser le pays. Malheureusement, toutes nos forces sont employées à la poursuite des Vendéens. Nous ne pouvons nous opposer à leur marche.

— Pourrez-vous me donner une cinquantaine d'hommes ?

Le commissaire regarda Louchart sans comprendre. Cette subite humeur guerrière le surprit chez son interlocuteur. Il balbutia, n'en croyant point ses oreilles :

— Une cinquantaine d'hommes ?

— Oui, le pouvez-vous ? répéta Louchart.

— Sans doute.

— Eh bien ! je vous livrerai le ci-devant comte de Bauville, moi !

Ce « moi » fut dit sur un ton de suffisance et de triomphe à rendre jaloux un émule du Roi Soleil.

— Et comment vous y prendrez-vous ?

— Cela, c'est mon affaire.

Il refusa de s'expliquer davantage, sachant par expérience ce qu'il en coûtait de spéculer sur la fourrure de l'ours avant de l'avoir tué.

— Quand vous faut-il ces cinquante hommes ? demanda encore le commissaire.

— Qu'ils soient demain, dès l'aube, à

l'entrée de la forêt de Cerisy. Je m'y trouverai moi-même. Le reste me regarde.

Le lendemain, Louchart arriva le premier au rendez-vous. Une petite troupe de gardes nationaux le rejoignit bientôt. L'officier vint à lui.

Tous deux s'entretinrent quelques instants à voix basse ; puis l'officier donna le signal du départ, et Louchart guida le détachement jusqu'à la cabane du charbonnier.

Celui-ci parut sur le seuil :

— Quelles nouvelles, frère ? questionna Louchart.

— Les chouans sont rentrés cette nuit ; je les ai suivis et connais leur repaire.

— Bien... Tu te souviens de nos conventions ?

— Parfaitement, je vous servirai de guide ?

— Vous pouvez vous fier à lui, déclara Louchart à l'officier.

— Vous ne nous accompagnez pas ? demanda celui-ci, en voyant que l'ancien laquais se disposait à s'installer commodément dans la cabane.

— Non, je vous attends ici. Les chouans me connaissent, et il est préférable que je ne me montre pas.

— Soit.

— Bonne chance ! cria Louchart à la petite troupe qui s'éloignait.

Après une heure de marche, une clairière apparut entre les branches, devant une ligne de rochers couverts de neige.

— C'est ici, annonça le charbonnier.

On avança avec précaution.

Bientôt, la silhouette d'une sentinelle faisant les cent pas se profila sur le fond blanc du décor.

— Attention ! commanda le geste de l'officier.

La petite troupe fit halte à l'entrée de la clairière, derrière le rideau tendu par l'enchevêtrement des broussailles entre les troncs d'arbres.

Le factionnaire s'arrêta soudain : une branche d'arbre avait craqué sous un pas. Il prêta l'oreille, fouilla du regard les alentours. L'éclair d'un canon de fusil qui remua lui donna l'éveil.

En hâte, il courut dans le dédale des rochers, jusqu'à l'entrée de la carrière abandonnée qui servait de refuge aux chouans.

— Les bleus ! cria-t-il en pénétrant dans la vaste salle où ses compagnons reposaient.

Tous se levèrent, se jetèrent sur leurs armes, pendant que le comte de Bauville interrogeait la sentinelle sur les forces des assaillants. L'interpellé ne sut fournir un renseignement précis.

— Quatre hommes de bonne volonté ! commanda le comte. Suivez-moi.

Il prit un fusil et sortit de la grotte en rampant, pour gagner les rochers les plus voisins de la clairière. Ses hommes l'imitèrent. Il leur désigna leur poste à ses côtés.

— Feu sur le bois ! ordonna-t-il.

Les cinq fusils tonnèrent.

Aussitôt, un commandement s'éleva, derrière les arbres :

— Par la droite et par la gauche, en bataille !... Cernez !...

Dans ce moment, toute l'embuscade se découvrit.

— Feu ! cria la voix de l'officier.

Une détonation roula, répercutée par l'écho, s'engouffra en tumulte sous les voûtes de la carrière.

Les chasseurs du roi accoururent en renfort.

— Villefranche ? appela le comte.

— Présent !

Les deux hommes échangèrent quelques paroles brèves.

— Compris, mon général !... Frappe-d'Abord, Belle-Humeur, Happe-Galette, suivez-moi ; toi aussi, l'Oiseleur... Allons, encore dix gars de bonne volonté... Oust, assez... Par ici !

Il entraîna sa petite troupe jusqu'au fond du souterrain, au pied du pilier qui masquait l'escalier en vis. Il s'engagea sur les degrés tournants, suivi de ses hommes.

Du haut de la colline, où ils débouchèrent, ils aperçurent leurs ennemis qui rentraient sous bois, après une nouvelle décharge. Les balles, en bas, ricochaient sur les quartiers de granit, sans atteindre les chouans.

Villefranche sépara sa troupe en deux corps.

— Toi, Frappe-d'Abord, descends par ici, moi par là. Nous allons les prendre de revers, pendant qu'ils ne s'y attendent pas.

Par un détour, ils gagnèrent l'épaisseur du bois, assez loin derrière l'ennemi, en s'échelonnant à dix pas d'intervalle.

Soudain, Villefranche, à pleins poumons, hurla :

— En avant ! A la baïonnette !

Effrayés, les bleus se jetèrent au milieu de la clairière à découvert, serrés de près par Villefranche et Frappe-d'Abord.

— Rendez-vous ! cria Villefranche, et vous n'aurez point de mal ! autrement, vous êtes tous fusillés.

Au même moment, comme une trombe, les chasseurs de Bauville dévalaient les sentiers à pic entre les roches.

Menaçante, la petite armée entoura les bleus réduits à l'impuissance.

— Bas les armes ! cria le comte.

Les soldats républicains obéirent, jetèrent leurs fusils et levèrent les mains.

S'approchant alors de l'officier :

— Votre épée, Monsieur ! demanda Bauville.

— Plutôt la mort ! répondit l'autre.

— Faisons vite, Monsieur. Vos soldats se sont rendus, vous ne sauriez lutter seul... Donnez-moi votre épée.

Après une hésitation, l'officier obéit.

Le comte prit son épée, mais la lui rendit aussitôt, en disant :

— Voici, Monsieur, l'usage que j'en voulais faire. Vous êtes libre, ainsi que vos hommes.

Un murmure d'étonnement — de mécontentement aussi — s'éleva dans les rangs des chouans : eh quoi ! les bleus venaient les attaquer, et le général, victorieux, les laissait partir sans plus de cérémonie, eux qui fusillaient leurs prisonniers sans pitié ! En vérité, une telle clémence était exagérée et les engageait à recommencer.

Les bleus, de leur côté, donnaient libre cours à leur joie. Ils étaient loin de s'attendre à tant de mansuétude.

Rangés en demi-cercle autour de leurs armes jetées en tas, ils n'attendaient qu'un signal pour reprendre le chemin de leurs cantonnements. Gaiement, ils échangeaient des plaisanteries, dans la fumée des pipes.

Un chouan ramassait les fusils. Le comte de Bauville, avant de laisser partir ses prisonniers, les passait en revue, s'assurait qu'ils ne cachaient point d'armes qui leur permissent un retour offensif.

Comme il arrivait devant le charbonnier aligné parmi les soldats, celui-ci se baissa vivement, saisit un pistolet, pressa la détente avec une contraction de la bouche mauvaise, dans la barbe noire en broussailles. Une détonation retentit.

Brusquement, le comte s'affaissa à ses pieds.

— Je suis tué, murmura-t-il en portant sa main à sa poitrine.

Avec les chouans, l'officier républicain accourut auprès du blessé.

Villefranche s'agenouilla à ses côtés, lui souleva la tête.

Sur sa redingote, un mince filet de sang coulait, au-dessus du cordon de Saint-Louis.

Déjà, les chasseurs, furieux, proféraient des menaces, se préparaient à se jeter sur leurs ennemis désarmés.

— Qu'on fasse grâce ! supplia la voix faible du moribond.

— Grâce ! répéta Villefranche. Le général l'ordonne !

Trop tard. L'officier républicain s'était rué sur le coupable et lui passait son épée au travers du corps en criant :

— Lâche !

Il revint vers le comte, s'inclina respectueusement. Ses soldats, à son exemple, se découvrirent.

M. de Bauville fit un effort pour se soulever.

— Vous êtes libre, Monsieur, murmura-t-il.

L'officier salua, rassembla sa troupe. Avant de s'éloigner, il rappela Frappe-d'Abord.

— Avez-vous un chirurgien ? demanda-t-il.

— Ma foi non, avoua l'autre simplement.

— Permettez-moi de vous envoyer le nôtre.

Il n'avait pas achevé sa phrase qu'un cri s'élevait parmi les chouans rassemblés autour du général.

— C'est fini !... M. le comte est mort !

Une dernière fois, l'officier se découvrit, très ému ; puis il emmena ses hommes sans bruit.

Devant la cabane du charbonnier, il retrouva Louchart impatient.

Dès qu'il apprit la mort du comte, l'ancien laquais s'emporta contre l'assassin dont le zèle imbécile l'empêchait de toucher la fameuse prime tant convoitée. C'est vivant qu'il eût fallu livrer le proscrit.

Rageur, il insulta la mémoire du meurtrier.

A se voir encore une fois lésé dans sa vengeance intéressée, sa haine s'accrut contre les survivants.

A part soi, il proféra des menaces contre Mme de Bauville et sa fille, contre Pierre, contre Villefranche.

Ceux-là, du moins, ne lui échapperaient point ! Il les livrerait tous, tous.

VIII

Au fond de la galerie souterraine, dans la vaste salle aux larges piliers imposants, le corps du comte de Bauville reposait, les mains en croix, sur un lit de camp. Les torches qui grésillaient éclairaient d'une lueur blafarde le visage calme aux paupières closes.

A l'entrée de la comtesse tenant Marie-Antoinette par la main, toute droite dans ses vêtements de deuil, les chouans qui faisaient là veillée funèbre se levèrent respectueusement. Des sanglots étouffés se firent entendre ; des larmes perlèrent au bord des cils, roulèrent sur les joues tannées.

Sans un mot, le regard fixe, Mme de Bauville se dirigea vers le lit. Elle se laissa tomber à genoux, le front appuyé sur la poitrine du mort.

Un silence profond régnait.

Yvonne avait emmené Marie-Antoinette à l'écart.

— Mon papa dort ? demanda la fillette.

Villefranche s'approcha de la comtesse :

— Madame la comtesse, voici M. le curé de Cerisy.

Un prêtre à cheveux blancs vint auprès de la jeune femme qui s'était dressée lentement, comme inconsciente, étrangère à tout ce qui se passait autour d'elle. Il lui adressa quelques paroles de consolation, puis commença les prières liturgiques.

— *De profundis clamavi ad te, Domine.*

— *Domine exaudi vocem meam,* répondirent les voix graves qui résonnèrent sous les voûtes basses.

— *Requiescat in pace.*

— Ils vont réveiller mon papa, fit la voix frêle d'Antoinette.

Yvonne éclata en sanglots.

Après l'absoute, on plaça la dépouille du comte sur une civière faite de branchages ; Pierre offrit le bras à la comtesse qui s'y appuya. Le cortège se mit en marche.

Des deux côtés de la route, les chasseurs du roi firent la haie, leur fusil renversé sous le bras, en signe de deuil.

La vue des soldats qui l'entouraient, dont elle sentait la sympathie respectueuse, tira la jeune femme de sa prostration.

Des larmes montèrent à ses yeux. Elle se raidit, se contraignit à une attitude courageuse. Elle fit effort pour assurer sa démarche.

On arriva au cimetière de Cerisy.

Lorsque la dernière pelletée de terre eut été jetée sur la tombe, on rentra au camp.

Le jour se levait.

Marie-Antoinette courut au-devant de sa mère :

— Maman, où est mon papa ?

— Au ciel, ma chérie.

— Il ne reviendra plus ?

— Plus jamais... C'est nous qui irons le rejoindre un jour là-haut.

— Plus jamais !

Antoinette répéta le mot incompréhensible, trop vaste pour son cerveau d'enfant. Elle pleura. Yvonne l'emmena, pendant que Villefranche, qui s'était approché de la comtesse, proposait :

— Pierre va vous reconduire au château, Madame.

Mme de Bauville secoua la tête négativement.

— Non, mon ami ; ma place est ici, et celle de Pierre, désormais, n'est plus auprès de moi. Mon pauvre mari, prévoyant sans doute le triste événement qui vous prive du meilleur des chefs, l'a désigné lui-même comme son successeur.

Les traits de Villefranche s'épanouirent. Il nourrissait pour Pierre la plus fervente admiration. Sa joie était immense à penser que le jeune homme allait continuer l'œuvre du général.

— Voulez-vous annoncer vous-même la nouvelle aux chasseurs du roi ? demanda-t-il.

La comtesse consentit.

Villefranche rassembla les hommes, qui se rangèrent, attentifs.

D'une voix que l'émotion faisait trembler, Mme de Bauville donna lecture des lignes qui terminaient la lettre écrite du Mans par le général, et qu'elle portait sur elle comme une précieuse relique.

Puis, désignant Pierre qui se tenait à ses côtés :

— Chasseurs du roi, acceptez-vous d'accomplir les suprêmes volontés de votre général en reconnaissant Pierre pour votre chef ?

— Oui, oui ! cria-t-on de toute part.

— Jurez-lui donc obéissance !

Tous jurèrent.

Pierre était demeuré muet pendant toute cette scène. Il croyait rêver... Quoi ! lui, un enfant, général des chasseurs du roi !

— Mais, Madame, balbutia-t-il, Villefranche est plus qualifié que moi.

L'intendant se défendit.

— Non, non. Moi je ne suis bon qu'à exécuter une consigne : ma vieille cervelle manque d'initiative... Je resterai ton lieutenant...

— Mais Frappe-d'Abord, Brave-la-Mort, sont plus habiles que moi.

Les deux hommes protestèrent : eux aussi ne voulaient être que ses lieutenants. Ils n'entendaient goutte au commandement.

— D'ailleurs, si le général t'a désigné pour lui succéder, c'est qu'il t'en savait digne.

— Soit ! consentit Pierre, j'accepte à une condition : vous me continuerez les conseils de votre expérience.

Ils promirent.

Cependant, Louchart n'avait point perdu son temps. Dès son retour à Bayeux, avec le détachement de gardes nationaux, il s'était présenté chez le commissaire du district, avait rendu compte de son expédition.

— Il est regrettable que le comte ait été tué, dit-il en terminant.

Le commissaire regarda son interlocuteur avec étonnement.

Cette pitié le surprenait. Louchart s'expliqua.

— Oui, il eût mieux valu le prendre vivant et le faire monter à l'échafaud. La guillotine est d'un effet salutaire sur l'esprit des brigands.

— Sans compter la prime promise à celui qui l'aurait livré, ajouta le commissaire goguenard.

— Peuh ! fit Louchart d'un air désintéressé.

Et, tout de suite, il chercha à détourner la conversation.

— Enfin, dit-il, il est mort, et nos regrets ne lui rendront pas la vie. Nous avons mieux à faire qu'à gémir. Vous savez que les brigands ont coutume d'ensevelir leurs morts en terre sainte. Ils y tiennent par-dessus tout, et il est bien certain qu'ils ne failliront pas à leurs principes lorsqu'il s'agit d'un personnage aussi important que le comte de Bauville. Très certainement ils vont transporter nuitamment son corps à Bauville pour l'y enterrer... En postant une embuscade dans les environs du château, on aurait chance de les surprendre. Sans doute, ils sont démoralisés par la perte de leur général ; peut-être n'ont-ils pas encore songé à le remplacer... L'occasion est unique de les écraser d'un seul coup et de prendre une revanche éclatante et définitive.

Le commissaire hésitait. Il lui répugnait de répondre par une traîtrise à la mansuétude des chouans. Pourquoi ne pas les laisser rendre paisiblement les derniers devoirs à leur général ?... Mais les récentes instructions du Comité de Salut public étaient formelles. Robespierre ne plaisantait pas. Le commissaire craignit de se compromettre. Il céda.

On convint que Louchart partirait immédiatement avec un nouveau détachement républicain.

Postés à quelque distance du château, dans la vallée de la Seulles, ils guettèrent l'apparition des chouans sur la route.

Les heures coulèrent lentement. Les soldats s'impatientaient.

Louchart commença à craindre que l'attente ne fût vaine. Il eut la brusque sensation d'avoir été un peu vite en besogne ! On avait fort bien pu enterrer le comte dans une paroisse plus proche que Bauville. A mesure que la nuit s'avançait, l'idée d'avoir fait fausse route s'imposait davantage.

A l'aube, il proposa d'envoyer un homme jusqu'au village avec mission de questionner les habitants, de tâcher d'apprendre des nouvelles.

Quand le messager revint, il conta que la veille au soir, Villefranche était venu chercher la comtesse. Tous deux étaient partis en voiture avec Pierre, Antoinette, Yvonne. Seuls, quelques serviteurs demeuraient au château.

Furieux d'avoir passé une nuit à grelotter inutilement, les bleus s'emportèrent contre Louchart ; puis ils parlèrent d'incendier le village, de massacrer les habitants.

— Mettons le feu au château, proposa Louchart pour les calmer.

Avec des cris de joie, tous acceptèrent d'enthousiasme.

IX

Au sortir de la forêt de Cerisy, le détachement qui escortait la comtesse, Antoinette et Yvonne, croisa Jérôme qui s'avançait en tâtant le sol devant lui du bout de son bâton.

Un chouan interpella l'aveugle.

— Eh bien, père Jérôme, où allez-vous comme ça ?

— Tout droit devant moi.

— Ne craignez rien : nous sommes des amis de votre feu Constant, insista le brigand.

Mais le vieillard, prudent, demeura muet.

La comtesse se pencha au bord de la carriole.

— Vous pouvez parlez, père Jérôme... Je suis la comtesse de Bauville... Me reconnaissez-vous ?

— Oui, oui, je reconnais votre voix, Madame la comtesse. Précisément, c'est vous que je cherchais pour vous apprendre encore une mauvaise nouvelle, hélas !

La jeune femme secoua tristement la tête :

— Après le malheur qui s'est abattu sur moi, rien ne saurait me toucher. Ma fille seule me reste. Elle est auprès de moi, donc il ne lui est rien arrivé de fâcheux... Quoi que vous ayez à m'apprendre, père Jérôme, vous pouvez parler sans détour.

Malgré cette assurance, l'aveugle employa des circonlocutions pour annoncer l'incendie du château.

— Quoi ! s'écria Mme de Bauville, n'est-ce que cela ?... Nous chercherons un gîte ailleurs.

C'était facile à dire, mais moins facile à exécuter. Donner asile à un suspect constituait un crime puni de mort par la loi. Peu de gens, sans doute, consentiraient

à courir le risque d'une châtiment si terrible.

Tout de suite, Jérôme offrit sa cabane du Clos-des-Monts.

— Elle est bien petite et n'est guère aménagée pour vous recevoir. N'importe ; c'est de tout cœur que je vous la céderai, Madame la comtesse.

— Merci, mon bon Jérôme ; mais je ne puis accepter. Je craindrais de vous compromettre. Déjà, ayant un fils aux chasseurs du roi, vous ne devez pas être vu d'un très bon œil par l'autorité... Non, pour cette nuit, je vais demander asile à Marie-Jeanne. Ensuite, je chercherai ailleurs, ici ou là, me tenant toujours à proximité de l'armée.

— Marie-Jeanne ? fit Jérôme. Il court de méchants bruits sur son compte.

La comtesse s'indigna.

— Des calomnies !... Marie-Jeanne est la meilleure créature que je connaisse. Je suis sûre de son dévouement, et, s'il me fallait, contrainte par les événements, me séparer de ma fille, c'est à elle, bien certainement, que je la confierais.

Jérôme n'insista pas.

Il tira de son côté, pendant que la petite troupe se remettait en marche.

Il faisait nuit quand les chouans quittèrent Mme de Bauville, à l'entrée de Reviers, après s'être assurés que les bleus n'étaient pas dans les environs.

La maison de Marie-Jeanne était la dernière du village, au haut d'un chemin creux qui descendait en pente raide dans la vallée de la Seulles.

Suivie d'Yvonne et tenant Antoinette par la main, la comtesse s'arrêta devant la porte basse qu'elle heurta discrètement.

Plusieurs minutes s'écoulèrent avant que n'apparût dans l'entre-bâillement de l'huis le visage effaré de Marie-Jeanne, sous le bonnet de linge, entre les lourdes bajoues retombantes.

— Hélà, mon Dieu ! Madame la comtesse, c'est-il que vous venez me demander de vous cacher ?

Son peu d'enthousiasme surprit la jeune femme.

— Oui, ma bonne Marie-Jeanne, j'ai compté sur votre dévouement. J'ai pensé que, nous sachant sans abri, vous n'hésiteriez point...

— Les temps sont durs, Madame la comtesse !

— Sans doute, mais le service que nous vous demandons...

— Eh ! les bleus ne plaisantent pas. Si l'on me dénonce, ils me tueront.

— C'est bon, fit la comtesse, dépitée par cette mauvaise volonté qu'elle n'attendait point, nous n'insistons pas. Nous chercherons un gîte ailleurs. Cependant, laissez-moi vous dire que je ne soupçonnais guère un pareil accueil... Il me déplaît de rappeler mes bienfaits ou ceux de ma famille. Si vous les oubliez, si vous avez perdu le souvenir du temps où, femme de charge au château de Bauville, vous trouviez en nous la sollicitude, l'appui qu'on peut attendre de bons maîtres, je le regrette. Aussi bien, on a raison de dire que la gratitude est un vain mot. Pourtant, telle que je vous connaissais, Marie-Jeanne, je n'aurais jamais cru qu'un jour viendrait où vous refuseriez de nous abriter pour une nuit, ma fille et moi.

— Les temps sont durs, s'entêta la vieille femme. Enfin, si ce n'est que pour une nuit, je vous cacherai tout de même ; mais pour une nuit seulement, n'est-ce pas, Madame la comtesse ?

A son tour, Mme de Bauville hésita.

Elle ne connaissait personne autre à Reviers. Où aller ? Errer à l'aventure, dans la nuit ? Passe encore si elle eût été seule ; mais elle ne voulait pas exposer sa fille à des dangers trop certains.

La porte avait fini par s'ouvrir complètement.

— Soyez tranquille, dit la jeune femme en franchissant le seuil avec ses compagnes. Nous partirons demain dès l'aube. Personne ne nous a vues entrer. Nous ferons en sorte qu'on ne nous voie pas sortir.

Les trois fugitives prirent place devant la cheminée et tendirent leurs membres transis à la bonne chaleur des bourrées de colza qui flambaient sur les hauts landiers de fonte.

Profitant d'une absence de Marie-Jeanne qui venait de passer dans une pièce voisine pour préparer les lits, une jeune fille qui, jusqu'alors, s'était tenue discrètement à l'écart, s'approcha de Mme de Bauville.

— Madame la comtesse, appela-t-elle doucement.

— Qu'y a-t-il, mon enfant ?

— Vous avez tort de rester ici.

— Vraiment ? fit la comtesse sur un ton pincé, croyant que la nouvelle venue allait reprendre pour son compte les jérémiades de Marie-Jeanne. Et pourquoi, s'il vous plaît ?

— Parce que si les bleus arrivaient, Marie-Jeanne serait capable de vous livrer, comme elle a livré quatre de vos domestiques.

Devant l'effarement incrédule de la comtesse, la jeune fille donna des détails. L'avant-veille, pendant l'incendie du château, quatre valets étaient accourus, tout essoufflés, implorer un refuge. Marie-Jeanne les avait conduits dans une grange où ils s'étaient terrés sous des bottes de paille. Une heure après, les bleus étaient passés. Prise de peur, la vieille les avait appelés, et, sans même qu'ils la questionnassent, alors que, peut-être, ils ne soupçonnaient rien, elle leur avait révélé la cachette des malheureux domestiques. Tirés de la grange, alignés devant la haie d'épines qui fermait le petit jardin, on les avait fusillés, sans seulement leur laisser le temps de recommander leur âme à Dieu.

Le retour de Marie-Jeanne mit fin au récit de la servante qui disposa sur la longue table de hêtre les bols à oreilles où bientôt fuma la soupe chaude.

Mme de Bauville ne fit guère honneur au repas. Absorbée dans ses réflexions, elle oubliait de porter à sa bouche la cuiller d'étain.

Maintenant, elle regrettait d'avoir insisté pour forcer le mauvais vouloir de son hôtesse. Elle balançait à quitter la place. La grotte du Bois-des-Roches était proche; on la gagnerait facilement par le travers de la vallée. Là, le souterrain offrait un refuge à peu près sûr ; car, en admettant que l'incendie en eût obstrué l'une des issues, il était certain que la galerie avait été respectée.

Marie-Antoinette s'endormait sur sa chaise, la tête inclinée sur l'épaule, dans le désordre de ses boucles blondes. Devant la fatigue que causerait à l'enfant une nouvelle course dans la nuit, la comtesse se décida à demeurer.

Dans la chambre où les conduisit Marie-Jeanne, elle dévêtit la fillette, la coucha au fond du lit et s'étendit, tout habillée, à ses côtés. Yvonne s'installa sur un fauteuil de paille, dans la même pièce.

Accoudée sur l'oreiller, épiant les moindres bruits du dehors, la comtesse resta éveillée, prête à fuir, en emportant sa fille, au premier signe de danger.

Dès que ses yeux appesantis de lassitude se fermaient, les cauchemars les plus horribles venaient la visiter. Elle voyait ses serviteurs rangés devant le peloton républicain, les traits contractés par l'épouvante des canons braqués, prêts à donner la mort ; le tonnerre des fusils grondant au commandement de l'officier ; le cri des victimes ; le jet pourpre du sang brusquement jailli des blessures. Elle s'éveillait en sursaut, la gorge serrée, le visage inondé d'une sueur froide.

Elle entendait Marie-Jeanne répéter de sa voix geignarde l'excuse invoquée par sa peur des représailles : « Les temps sont durs. »

Lentement, les heures tintaient au clocher du village.

Le roulement d'une charrette attardée sur la route vint aggraver sa frayeur ; elle perçut de l'autre côté de la cloison le pas lourd de Marie-Jeanne, le bruit d'une fenêtre qui s'ouvrait... Sans doute, les bleus, avertis de sa présence, arrivaient. Son hôtesse allait la livrer.

Déjà la jeune femme, le cœur battant, s'était jetée à bas du lit...

La charrette passa...

Le jour parut enfin. La lueur vacillante de la chandelle pâlit. Un coin de ciel gris, des branches défeuillées, s'encadrèrent dans le rectangle blanc de la fenêtre.

La comtesse se leva, habilla d'Yvonne, Marie-Antoinette encore à demi éveillée ; puis toutes trois passèrent dans la salle où déjà Marie-Jeanne les attendait, impatiente de les voir partir.

La vieille femme pourtant balbutia de vagues excuses, exprimant en phrases ambiguës son regret de ne pouvoir accorder à ses anciennes maîtresses une hospitalité plus large :

— J'ai veillé toute la nuit sur votre sûreté, afin de vous avertir si quelque bruit avait pu faire craindre l'approche des bleus.

Mme de Bauville coupa court à ce verbiage. Elle se rappelait les malheureux livrés par Marie-Jeanne.

Avant de sortir, elle mit une pièce d'or dans la main de la vieille femme et s'éloigna, suivie de sa fille et d'Yvonne.

Au bas du chemin creux, la vallée de la Seulles s'étendait jusqu'à la ligne bleuâtre des coteaux de Bauville. Entre les hauts peupliers, la rivière déroulait son mince ruban d'argent. A droite, dans un bouquet d'arbres, s'ouvrait la grotte où prenait accès le souterrain.

Comme les trois femmes atteignaient le premier taillis, des tricornes républicains se profilèrent sur le fond du ciel, au sommet du coteau.

Vite, elles se jetèrent dans un sentier, entre les ronces, et gagnèrent le fond de la grotte. Obéissant au ressort mû par la main hâtive de la comtesse, une pierre se déplaça, découvrant l'ouverture sombre du souterrain. Elles s'y engouffrèrent, la pierre se replaça.

Anxieuses, les fugitives attendirent.

Sur le sol durci, des pas bientôt résonnèrent.

— Maman, j'ai peur !

La comtesse serra la fillette dans ses bras, la couvrit de baisers, murmura des paroles de tendresse pour la rassurer, tremblant que ses pleurs ne s'entendissent du dehors.

Des coups retentirent contre le roc. On sondait les parois de la grotte.

Une conversation animée s'engagea, dont les prisonnières ne distinguèrent point les paroles.

De nouveau, le rythme des pas battit la terre gelée, et s'éloigna, s'éteignant peu à peu.

— Tu vois, ma chérie, les voilà partis. Il ne faut plus avoir peur.

— Sortons de cette vilaine cave, dites, maman jolie ?

Un long moment, la jeune femme hésita, puis elle ouvrit doucement, tendit l'oreille.

Tout bruit avait cessé.

Alors, elle se risqua dans la grotte, suivie d'Yvonne.

Toutes deux s'assirent sur un bloc de rochers.

— Qu'allons-nous devenir, Madame la comtesse ?... Où nous réfugier ?

— Hélas ! le sais-je, ma pauvre Yvonne ! personne ne voudra nous accueillir... Si, pourtant, Jérôme, il me l'a offert ; j'accepterai. Sa chaumière est proche : on l'aperçoit d'ici, au bout de ce sentier. Nous nous y rendrons à la nuit.

— Quoi ! gémit Yvonne, il nous va falloir rester ici, au froid, tout le jour ?

— Le moyen de faire autrement ?

Rassurée, grâce à cette mobilité d'esprit qui empêche les enfants de penser long-

temps à un danger, Antoinette s'était aventurée hors de la grotte, en quête d'une distraction, d'un jeu quelconque. Sa mère la rappela.

— Antoinette! veux-tu revenir ! Les vilains hommes vont te prendre.

Au même moment, des branches craquèrent, un bruit de pas s'approcha.

Mme de Bauville s'était levée, prête à voler au secours de sa fille qui jetait, avant d'obéir, un dernier coup d'œil au dehors.

— Maman, cria la fillette, voici Jacqueline.

Le joli visage de la jeune fille, toute rose d'avoir couru, apparut dans l'encadrement des roches.

Elle vint à la comtesse qui l'embrassa. Antoinette lui sauta au cou.

Mme de Bauville, encore mal remise de son émotion, grondait la fillette imprudente.

— Pardonnez-moi, maman chérie, supplia la coupable.

— Vite, Madame, intervint Jacqueline. Il faut partir sans retard. Le temps presse, et je suis bien heureuse de vous avoir trouvée ici. C'est mon oncle qui m'envoie vous chercher. Les bleus connaissent votre présence dans ces parages. Louchart, qui les accompagne, a juré votre perte. Ne pouvant vous découvrir, il se dispose à garder toutes les issues de la vallée. Fuyons par Reviers : c'est le seul passage qui soit encore libre.

— Où nous conduisez-vous, mon enfant?

— A Courseulles, chez mon oncle. Vous y serez en sûreté.

Comme Mme de Bauville exprimait sa reconnaissance :

— Vous me remercierez plus tard. Hâtons-nous, fit Jacqueline.

Elle gagna sans être remarquée le fond de la grotte, puis tira de dessous son fichu un petit paquet qu'elle déposa sur une pierre bien en vue.

Prenant ensuite la main de Marie-Antoinette, elle se mit en route, invitant ses compagnes à la suivre.

Chemin faisant, elle dit à a comtesse :

— J'ai fait prévenir les chasseurs du roi de l'intention des bleus, afin qu'ils puissent les surprendre. Mais ne le dites pas à mon oncle, n'est-ce pas, Madame ? Il serait mécontent.

La comtesse sourit :

— Vous prenez donc parti pour les brigands, vous aussi, maintenant?

La jeune fille rougit.

— Je serais heureuse que Pierre fît payer à Louchart la dette qu'il a contractée envers lui et envers moi et nous vengeât tous deux du même coup.

— Voyez la petite masque ! plaisanta la comtesse, à qui la pensée de trouver enfin un gîte pour sa fille rendait un semblant de gaieté.

❊

Le surlendemain, à l'aube, les chasseurs du roi occupaient les hauteurs qui domi-

nent la Seulles et le village de Reviers,
construit dans un bas-fond.

Les tambours battirent la charge. Des
voix crièrent des commandements. En ou-
ragan, les chouans dévalèrent les flancs
abrupts des côteaux.

Des coups de feu éclatèrent, tirés par
les sentinelles républicaines. Les maisons
du village s'ouvrirent ; les rues se remplirent de gens affolés courant de tous
côtés.

— Les brigands !... Voilà les brigands !...

Les officiers rassemblaient leurs hommes :

— Grenadiers de la République, garde
à vous !

En hâte, ils se postèrent à l'entrée du
bourg.

Les chasseurs avançaient toujours, entre
les haies qui coupaient les herbages. Au
bord de la rivière, ils s'arrêtèrent, alignés
derrière le rideau de peupliers.

— Attention, les gars !... Joue !... Visez
bien... Feu !

Une décharge crépita. Quand la fumée
se dissipa dans l'air froid du matin, des
hommes se tordaient sur l'herbe de la
prairie tachée de sang ; d'autres s'enfuyaient, en déroute ; d'autres encore arrivaient du village.

Désireux de profiter de l'avantage que
lui offrait ce désordre, Pierre leva son
sabre :

— Chasseurs du roi, en avant ! A la
baïonnette !

— En avant ! répéta l'écho formidable
de l'armée.

Il se jeta dans la rivière. Tous ses hommes l'imitèrent. Ils escaladèrent le talus
de la berge, se lancèrent en course folle à
travers la prairie.

Des voix entonnèrent un couplet :

Monsieur d'Charette a dit à ceux d'Anjou :
 Mes bijoux,
Pour mieux tirer, mettez-vous à genoux.

— Hardi, les gars !

Le galop des lourdes semelles ébranlait
le sol.

Les républicains lâchèrent une volée de
balles et s'enfuirent.

— Hardi, les gars !

Le sabre haut, Pierre courait devant ses
hommes.

Ils atteignirent les premières maisons de
Reviers, traversèrent au pas de course les
rues désertes, escaladèrent les contreforts
où s'adossait le village. Les bleus s'étaient
repliés. Du sommet des collines, les
chouans les aperçurent qui battaient en
retraite sur la route de Caen.

— Halte ! commanda Pierre.

Il rassembla ses officiers.

— Faites visiter les maisons pour vous
assurer qu'il n'y reste pas quelques républicains. En même temps, nous tâcherons
d'avoir des nouvelles de Bauville.

Par groupes, l'armée se dispersa dans
les ruelles, fouilla les granges, les chau-
mières aux portes basses.

D'un toit à porcs, Belle-Humeur ressortit, entraînant un petit homme falot, au
visage fouinard, blême de peur.

Pierre, en l'apercevant, reconnut Louchart. Enfin, il tenait sa vengeance !

— Général, questionna Belle-Humeur en
poussant son prisonnier devant le jeune
homme, que faut-il faire de cet oiseau-là ?

Pierre appela :

— Quatre hommes !... Qu'on le conduise
sur la place de l'Eglise. Et surtout ne le
laissez pas échapper. Vous m'en répondez.

Comme Louchart faisait des difficultés
pour avancer, les quatre gaillards l'empoi-
gnèrent par les membres et le portèrent
sur la place.

Là les compagnies se réunissaient, leur
visite domiciliaire terminée.

Pierre s'informa de la demeure de Marie-
Jeanne. Un paysan le conduisit chez l'ancienne femme de charge, qui se sentit mal
à l'aise en face du jeune chef.

— La comtesse de Bauville est venue
vous demander asile ? interrogea-t-il sans
préambule.

— Oui, mon bon Monsieur, répondit la
vieille, pateline et cauteleuse, les mains
croisées sur son ventre imposant, elle a
passé la nuit ici, la chère dame.

— Elle est repartie ?

— Oui.

— Où ?

— Hélas ! je l'ignore.

— C'est-à-dire que vous l'avez livrée aux
bleus comme vous avez fait de ses domestiques.

La vieille femme se mit à trembler. Elle
pâlit horriblement ; ses dents claquèrent ;
elle balbutia, les yeux hagards :

— Livrée... Oh ! non, je vous jure ! Elle
est partie avant l'arrivée des bleus.

— Heureusement pour elle, n'est-ce pas ?
car vous l'eussiez trahie sans pitié...

Marie-Jeanne joignit les mains.

— Grâce ! gémit-elle.

— Soit ! par égard pour l'affection que
vous portaient vos anciens maîtres.

Après un silence, Pierre reprit :

— Quelle direction Mme la comtesse a-
t-elle prise, en sortant de chez vous ?

Du geste, la vieille femme désigna la
vallée.

— Etait-elle seule ?

— Non, sa fille et Yvonne l'accompa-
gnaient.

— C'est bon, la mère, et veillez sur vous
à l'avenir... Vous voyez que les brigands
sont bien renseignés.

Sur la place, il trouva ses compagnons
réunis autour du prisonnier.

Villefranche vint au-devant de lui, la
figure rayonnante :

— Cette fois, nous le tenons, ce gredin de
Louchart ! J'espère que nous allons le fusiller.

Les autres officiers s'approchaient, Villefranche leur énuméra les charges qui pe-
saient sur Louchart.

— Il mérite la mort, décréta Frappe-d'Abord.

— Il mérite la mort, fit à son tour Belle-Humeur.

— La mort ! répéta Brave-la-Mort, comme un écho.

Pierre demeurait silencieux.

— Eh bien, général ? questionna Ville-franche, qui, tout en donnant son titre à Pierre, n'avait pu renoncer au tutoiement affectueux, tu n'es pas de notre avis ?

— Mes amis, le comte de Bauville nous a donné l'exemple du pardon. Imitons-le. Sans doute, ce Louchart est une bête malfaisante qu'il conviendrait de supprimer. Essayons, pour cette fois, d'une peine moins radicale... Voulez-vous ?

Les quatre lieutenants hésitèrent. Évidemment, ils n'approuvaient pas la clémence de leur chef.

Ils se consultèrent du regard, et Ville-franche finit par demander :

— Et quel châtiment lui imposerons-nous ?

— Celui qu'on infligeait naguère aux laquais fautifs.

— Les étrivières ? Ah ! ah ! bonne idée. Tu veux te venger du traitement qu'il t'a fait subir ?

— Ce n'est pas la même chose, remarqua Frappe-d'Abord. Il s'agit d'une peine infamante et non d'une punition d'enfant.

— Alors, c'est entendu ? Nous commuons la peine de mort ?

— Entendu, acquiescèrent les officiers.

Ils allèrent reprendre la tête de leurs compagnies, rangées en carré autour de la place.

Au centre, gardé à vue, Louchart, blême de frayeur, jetait des regards inquiets de tous côtés.

Pierre s'approcha de lui, la veste courte serrée à la taille par une écharpe de soie blanche frangée d'or, le chapeau orné d'une plume blanche.

Curieux, les habitants du village étaient accourus. Ils se pressaient derrière le cercle des soldats.

Le silence se fit.

Le jeune général apostropha le prisonnier :

— Louchart, nous avons délibéré sur ton sort. Tu as poursuivi d'une haine implacable le comte de Bauville, dont tu fus le valet. C'est toi qui tentas de le faire arrêter à Paris ; c'est toi qui organisas le guet-apens de Fontenailles ; c'est toi qui conduisis les bleus à Cerisy, qui provoquas la rencontre où notre général a trouvé la mort. Tu as incendié le château de Bauville, et la comtesse, une faible femme innocente, ne trouve pas grâce devant toi... Moi-même, tu m'as maltraité ; t'en souviens-tu ?... Donc, nous avons pesé tes crimes ; nous avons délibéré... Tu mérites la mort !...

Louchart tremblait si fort que ses jambes se dérobèrent sous lui ; il se jeta à genoux.

— Grâce ! grâce ! implora-t-il.

Il était hideux : la bouche tordue, les yeux agrandis d'épouvante.

Pierre ne put réprimer un mouvement de dégoût.

— Oui, voilà la position qui te convient : tu t'abaisses comme un laquais ; tu rampes comme un serpent venimeux... Te fusiller ? Non, c'est la mort des soldats : tu ne la mérites pas. Nous devrions te pendre comme un malfaiteur... Mais nous avons pitié de toi. Le comte de Bauville a pardonné à son meurtrier ; nous te pardonnerons.

Louchart se releva d'un bond : La vie !... On lui laissait la vie !...

Pierre poursuivit :

— Pourtant, il te faut une leçon dont tu te souviennes. Pour nous, tu n'es qu'un valet ; nous allons te traiter en valet.

— Que va-t-on me faire ? s'écria le misérable. Grâce !

Sur un signal de Pierre, les soldats qui entouraient Louchart lui arrachèrent sa veste, le dépouillèrent de sa chemise, le maintinrent solidement à terre, sur le ventre. L'un d'eux prit une bretelle de fusil et se mit à le frapper.

Chaque fois que la lanière s'abattait en sifflant sur ses épaules nues, sur son dos, elle laissait une longue traînée rouge. Au bout de dix coups, Pierre jugea la correction suffisante.

— Assez ! cria-t-il.

On laissa Louchart se relever, se revêtir, sous les rires ironiques de la foule. La tête basse, il se disposait à partir. Le général le retint :

— Pas si vite, citoyen Louchart. Avant de nous quitter, jure de ne plus porter les armes contre notre roi Louis XVII.

— Je le jure, gronda Louchart.

— Ce n'est pas tout. Que diable ! tu es bien impatient de t'enfuir !... Donc, tu t'es engagé à ne plus porter les armes contre le roi. C'est quelque chose, mais c'est insuffisant, car tu n'es pas précisément un guerrier, et ton arme, c'est la ruse... Tu vas jurer, maintenant, de ne plus rien tenter contre Mme la comtesse de Bauville ni contre les siens.

Un bon moment, Louchart demeura muet.

— Ta liberté est à ce prix, insista Pierre.

Nouveau silence.

— Allons, il faut, je crois, recommencer à te caresser l'échine.

Déjà les hommes empoignaient l'ancien laquais.

— Je le jure ! s'écria-t-il, je jure tout ce que vous voudrez !

— Bon, qu'on le lâche. Mais malheur à toi si tu ne tiens pas parole !

Salué par les quolibets de l'armée, par les rires de la foule qui se sentait forte maintenant contre lui, Louchart s'éloigna rapidement en sautillant sur ses jambes maigres et en frottant à deux mains son dos endolori.

— Je me vengerai, marmotta-t-il, rageur, entre ses dents. Je me vengerai !...

Dès qu'il eut disparu, Pierre rassembla son état-major.

— Nous cantonnerons ici. Les compagnies de Frappe-d'Abord et de Belle-Humeur occuperont le village ; celle de Brave-la-Mort surveillera la route de Bayeux et se tiendra autour de la cabane de Jérôme. Quant à moi, je vais m'établir avec Villefranche à la grotte du Bois-des-Roches.

Par le chemin creux, il gagna le bouquet d'arbres qui masquait l'entrée de la grotte. En y pénétrant, le premier objet qui frappa ses yeux fut le paquet laissé par Jacqueline et qui faisait dans l'ombre une tache blanche.

Intrigué, il le prit, le retourna quelque temps entre ses mains, l'examina sous toutes ses faces. Finalement, il se décida à dénouer le ruban qui l'entourait. Dès qu'il l'eut ouvert, une longue mèche blonde se déroula entre ses doigts. En même temps, sur un petit carré de papier tombé du paquet à ses pieds, il lut ces mots :

Je me suis vengée.

Malgré l'absence de signature, il devina la main de Jacqueline.

— Que signifie cela ? Comment s'est-elle vengée, et sur qui ?

Un nom lui vint à l'esprit : Mme de Bauville. Ne serait-ce pas sur elle et sur Antoinette que la jeune fille aurait exercé ses représailles ?...

— Ah ! la petite fourbe, si elle avait fait cela !...

Il glissa les cheveux et le billet dans sa veste, se mit à arpenter l'étroite caverne.

— Ma foi, j'en aurai le cœur net, fit-il après quelques minutes de réflexion.

Comme il sortait au grand jour, Villefranche remarqua sa mine soucieuse et s'informa.

Pierre jugea préférable de ne pas faire part de sa découverte et de ses soupçons, même à son vieil ami. Il dit seulement :

— Je suis inquiet de Mme la comtesse. Personne n'a pu me dire où elle se cache.

Après un silence, il poursuivit :

— Dès ce soir, je me rendrai à Courseulles, chez Socrate. C'est bien le diable si je n'y apprends pas quelque chose.

— A ton aise, mais sois prudent.

Il attendit impatiemment que le soleil eût disparu derrière la ligne bleuissante des collines, à l'horizon.

A la nuit tombante, il se mit en route, vêtu à la manière des paysans.

Pour éviter les rencontres indiscrètes, il longea la Seulles et prit à travers champs par le marais.

Devant la petite maison basse, isolée à l'extrémité du village, il s'arrêta à contempler le rectangle lumineux des fenêtres où des ombres passaient par instant. Il poussa la barrière du jardin, s'approcha des vitres éclairées. Son regard plongea dans la salle à manger.

Autour de la table, que desservait la vieille Marion, un gamin d'une dizaine d'années traînait un cheval de bois. Devant la cheminée, deux femmes s'absorbaient à des travaux d'aiguille. Quand elles levèrent la tête, Pierre reconnut Yvonne et Jacqueline.

Résolument, il frappa au carreau. Les femmes sursautèrent, échangèrent un regard effaré, se concertèrent. Enfin, plus brave que ses compagnes, Jacqueline se leva et vint entr'ouvrir la fenêtre. Marion apporta la chandelle.

— Pierre ! s'écria la jeune fille, joyeuse, en apercevant le visiteur nocturne.

Yvonne quitta son ouvrage ; l'enfant délaissa son jeu pour s'approcher aussi.

— Faites le tour, dit Jacqueline en baissant le ton, nous allons vous ouvrir... Allez doucement, pour ne pas éveiller mon oncle.

La fenêtre se referma.

En suivant l'allée qui contournait la maison, Pierre s'étonnait de la cordialité d'un accueil qu'il s'attendait à trouver tout autre.

Plus éclairé, il eût sans doute philosophé sur l'insondable mystère du cœur féminin. Dans sa simplicité, il se contenta de murmurer :

— C'est étrange : elle parle de vengeance et me reçoit en ami... A moins qu'elle ne joue la comédie ; mais c'est peu probable... Enfin, nous verrons bien !

Devant la porte ouverte, il trouva Jacqueline qui lui prit la main. Avec un sourire malicieux, elle demanda :

— Vous avez trouvé un petit paquet à votre adresse ?

— C'est pour cela que je suis venu.

— Vous avez cru, j'en suis sûre, aux plus noires machinations ?

Pierre esquissa un geste vague.

— Savez-vous, demanda encore la jeune fille, qui vous a fait avertir de la présence des bleus à Reviers ?

— Non.

— C'est moi !... Ne le dites pas à mon oncle.

— Vous ! fit Pierre, au comble de l'étonnement. Mais alors, votre vengeance ?...

— Ma vengeance fut d'aller au Bois-des-Roches chercher la comtesse dont la sûreté était menacée, et de l'amener ici, sur le conseil de mon oncle.

Tout en parlant, Jacqueline avait entraîné le jeune homme dans la salle à manger. Yvonne accourut au-devant de lui. Le petit garçon dont la présence l'avait intrigué vint se jeter dans ses jambes.

— Bonjour, ami Pierre !

— Vous ne reconnaissez pas Marie-Antoinette ? demanda Jacqueline.

— Vraiment non...

Il enleva la fillette, mit un baiser sur ses joues, pendant qu'elle lui entourait le cou de ses deux bras.

— Pourquoi diable ce déguisement ?

— Pour dérouter les soupçons. On s'est étonné de notre amitié pour la famille du comte de Bauville. Les sectaires ne comprennent pas les théories de mon oncle, trop charitable à leur sens. On l'accuse de tiédeur... Robespierre est tout-puissant ; sa faction triomphe. Mon oncle ne partage pas leurs idées, en sorte que sa maison n'est même plus un asile sûr... Louchart nous poursuit de sa haine...

— Louchart, il n'est plus à craindre.

Et Pierre raconta le châtiment infligé à l'ancien laquais, les serments qu'on lui avait arrachés. Mais Jacqueline fut loin de se montrer aussi rassurée que lui.

— Vous avez été trop bon. On ne réchauffe pas un serpent dans son sein après lui avoir fait jurer de ne plus mordre. On le met hors d'état de nuire... Oui, vous avez eu tort. Louchart est d'autant plus furieux que vous l'avez humilié. Malheur à nous si nous nous trouvons sur sa route !

— Peut-être, murmura Pierre, rêveur.

Après un silence, il demanda :

— Mme de Bauville repose ?

— La comtesse nous a quittés ce soir, répondit la jeune fille.

— Que ne le disiez-vous tout de suite ?... Elle est partie !

— Elle craignait de nous compromettre.

— Oh ! Jacqueline, fit Pierre sur un ton de reproche, vous ne l'avez pas retenue ?

— J'ai fait tout ce que j'ai pu, au contraire, mais mes efforts sont demeurés vains. Comme je vous l'ai dit, Socrate n'est plus à l'abri des soupçons. Un jour ou l'autre, on peut se livrer ici à des visites domiciliaires. Mme de Bauville a deviné le danger ; elle a préféré chercher un refuge ailleurs, malgré les instances de mon oncle qui prétendait la protéger. C'est à grand'peine que nous avons obtenu qu'elle nous laisse sa fille ; encore ne l'a-t-elle fait que sur notre promesse de l'habiller constamment en garçon.

— Elle ne vous a pas dit où elle comptait aller ?

— Non. Je sais seulement qu'elle a l'intention de ne point s'éloigner du rayon d'action de votre armée... Veillez sur elle, Pierre ! ajouta Jacqueline d'une voix suppliante, les yeux pleins de larmes.

— Je n'y faillirai point. Adieu. Je vais retrouver mes hommes. Désormais, je garderai le Bois-des-Roches et les ruines du château de Bauville comme quartier général. Si vous couriez quelque péril, la grotte est une cachette à peu près sûre.

— Entendu. Adieu, Pierre.

Le jeune homme tira de sa poche l'écheveau de boucles dorées qu'il tendit à Jacqueline.

Elle secoua la tête en signe de dénégation ; ses joues s'empourprèrent.

— Gardez cela en gage de réconciliation, dit-elle. Vous m'avez pardonnée, n'est-ce pas ?

— De grand cœur. Et vous ? car je me suis montré un peu sévère.

Pour toute réponse, Jacqueline, toute rose, tendit gentiment son front à Pierre. Il y mit un baiser fraternel, embrassa Marie-Antoinette, puis, après un signe affectueux à Yvonne, il disparut, par le même chemin qu'il avait pris pour venir, dans la direction de Bauville et du Bois-des-Roches.

Au petit jour, revêtu de ses insignes de commandement, il faisait part à Villefranche de son expédition nocturne.

— Mauvaise affaire, mon petit. Mme la comtesse aurait mieux fait de rester chez Socrate, où nous pouvions la protéger, que de courir les champs. Le mieux serait de tâcher de la rejoindre et de la garder auprès de nous. Nous pourrions, au besoin, l'installer dans la cabane de Jérôme.

— C'est aussi mon avis.

Un soldat vint interrompre leur entretien.

— Mon général, il y a là un homme qui demande à vous parler.

— Fais-le venir.

Le soldat s'éloigna et revint bientôt, accompagné d'un paysan qui paraissait fort ému. Il tournait entre ses doigts courts les larges bords de son feutre.

Dès qu'il fut seul avec Pierre et Villefranche, il commença son récit :

Le matin même, en sortant de Bernières avec un camarade, par la route qui mène à Courseulles, il avait aperçu une femme qui fuyait, poursuivie par un détachement républicain.

Lui et son ami s'étaient jetés dans un fossé, effrayés. De leur cachette, ils avaient assisté à un épouvantable spectacle.

Après une course rapide, les bleus avaient rattrapé la femme ; une courte mimique avait indiqué qu'ils la questionnaient, qu'elle se défendait ; puis, brusquement, ils l'avaient adossée à un arbre, s'étaient reculés de quelques pas et l'avaient fusillée, presque à bout portant.

Elle était tombée comme une masse, sans un cri.

Les bleus partis, l'homme et son compagnon s'étaient approchés de la victime. Ils n'avaient trouvé qu'un cadavre défiguré. Toute la charge avait porté en plein visage, en sorte qu'il était impossible de reconnaître la malheureuse.

Pourtant, d'après l'examen des vêtements, joint aux renseignements qu'il avait pu recueillir de divers côtés, l'homme avait lieu de supposer que le corps était celui de la comtesse de Bauville.

— Mme de Bauville ! s'écrièrent d'une seule voix Villefranche et Pierre.

— Hélas ! oui. Nous savions qu'elle avait quitté Courseulles hier soir. Sans doute, les bleus l'auront surprise. C'est bien l'avis de M. le curé de Bernières chez qui nous l'avons déposée.

Pierre et Villefranche s'entre-regardèrent, sans échanger une parole.

— Si j'y allais ? proposa Villefranche après un long silence.

— Oui, et puisses-tu réussir à établir la vérité. Va, et hâte-toi. Je ne vivrai pas jusqu'à ton retour.

Avec le paysan, Villefranche s'éloigna en toute hâte, pendant que Pierre pour tromper son impatience, arpentait à grands pas, fiévreusement, l'étroit espace resserré entre les parois de la grotte.

. . . .

En quittant la maison de Socrate, peu avant l'arrivée de Pierre, désireux d'obtenir de Jacqueline des explications sur son billet laconique, Mme de Bauville avait coupé au plus court par le marais, pour gagner les dunes.

À l'abri des monticules de sable plantés d'ajoncs, elle se dirigea vers Arromanches en suivant la grève. Le soleil à l'horizon plongeait dans les flots. Ses derniers rayons léchaient la crête des vagues empourprées par le reflet du ciel embrasé. Nonchalantes, les grandes lames venaient mourir aux pieds de la voyageuse, dans un brusque jaillissement d'écume. La brise froide, tout humide d'embruns, lui cinglait le visage, pénétrait ses vêtements. Elle serra les plis de sa mante et hâta le pas sur le sable mouillé.

La mer baissait. De grands oiseaux blancs rejoignaient leur gîte à tire-d'aile avec des cris rauques qui sonnaient lugubres dans la nuit commençante.

Après trois heures d'une marche pénible dans le fin gravier où les pieds enfonçaient à chaque pas, la comtesse parvint à une brèche ouverte dans la dune.

Par un chemin creux noyé d'ombre, elle gagna la ferme de Longchamps, celle-là même où, quelques mois plus tôt, Pierre s'était arrêté, avec Jacqueline, en revenant de Fontenailles, et avait persuadé à la jeune fille de prendre un vêtement masculin et de se couper les cheveux.

Une horloge sonna 10 heures.

D'une main hâtive, la comtesse saisit le lourd marteau qu'elle laissa retomber contre le vantail de chêne massif. L'écho répondit, en même temps que s'élevaient, derrière la porte, les aboiements furieux d'un chien.

Des pas se firent entendre ; puis une voix qui calmait le dogue.

La lueur d'une lanterne fit une ligne claire, sous la porte qui s'entre-bâilla. Un bras s'avança par l'ouverture élevant un falot qui jeta sa brusque clarté au visage de la voyageuse.

— Madame la comtesse !

Le battant s'écarta tout à fait, découvrant la haute silhouette du fermier, incliné, tête nue.

— Moi-même, mon ami. Pouvez-vous me donner asile pour la nuit ?

— Non seulement pour la nuit, Madame la comtesse, mais pour aussi longtemps qu'il vous plaira.

— Merci, oh ! merci, fit la comtesse émue, je ne m'attendais pas à un accueil si cordial.

Le fermier parut blessé. Il avait refermé la porte, ajusté la barre intérieure. Il s'arrêta pour dire :

— Quoi ! Madame la comtesse, vous doutiez de nous ? Pourtant, nous avons toujours prouvé notre attachement à M. le comte et à sa famille.

— C'est vrai, mon ami. Pardonnez-moi si je vous ai peiné ; mais, voyez-vous, j'ai eu tant de désillusions !... C'est dans le malheur qu'on apprécie vraiment la sincérité de ses amis. J'en ai trouvé bien peu qui nous soient demeurés fidèles jusqu'à se compromettre pour nous. Les temps sont durs, comme disait Marie-Jeanne.

— Marie-Jeanne... Je suis sûr que, chez elle aussi, vous trouveriez un asile toujours ouvert.

La comtesse eut un sourire désabusé et secoua tristement la tête.

— Non. La peur rend lâche. Elle n'a pas consenti à me cacher plus d'une nuit ; encore ai-je dû la supplier pour obtenir cette faveur.

Elle ne parla point, par charité, des domestiques livrés aux républicains par la vieille femme.

Tout en causant, on était arrivé devant la maison. Le fermier s'effaça pour laisser passer Mme de Bauville.

— Ici, Madame la comtesse, vous êtes chez vous. Ce foyer sera le vôtre tant qu'il vous plaira d'y rester.

Une paysanne entrait, vêtue d'un jupon, un fichu jeté sur ses épaules, les yeux agrandis par l'anxiété.

— Toinon, prépare un lit pour Mme la comtesse.

— Hélas ! not'dame ! c'est-il Dieu possible ?

— Mais oui, Toinon. Les bleus ont brûlé ma demeure. J'en suis réduite à errer comme une mendiante, en implorant la charité des gens du bon Dieu.

La fermière se lamentait. Son mari l'incita à se hâter.

— Mme la comtesse doit être lasse.

Les deux femmes se retirèrent.

La journée du lendemain s'écoula sans incident.

Trompée par la vie calme qui l'entourait, Mme de Bauville pouvait se croire revenue aux jours heureux où son existence se passait paisible entre son mari, sa fille, les visages joyeux des paysans.

Tout le jour, les enfants du fermier s'attachèrent à ses jupes, s'ébattirent gaiement autour d'elle.

Les bœufs quittèrent l'étable. Un troupeau de moutons s'engouffra sous la voûte en ogive, poussés par l'aboi des chiens affairés.

Déjà le printemps s'annonçait : bientôt la glycine accrocherait autour des fenêtres ses grappes mauves en guirlande ; les boutons des lilas éclateraient sous le soleil ; la nature, indifférente aux malheurs des hommes, s'éveillerait du long sommeil hivernal.

Mme de Bauville s'étonnait qu'il pût y avoir tant de paix heureuse, autour de sa pauvre âme souffrante, si près de sa demeure en cendres, malgré le tumulte tout proche des batailles sanglantes.

Sa pensée allait à sa fille, au petit être innocent qui, par la faute des événements, ne connaîtrait point les heures insouciantes de l'enfance, exposée dès son jeune âge aux dangers, aux menaces constantes.

Le ciel s'empourpra derrière les toits de chaume ; les ombres s'allongèrent dans la cour. Les piaillements des poules s'apaisèrent, le chant du coq s'éteignit, les pigeons tournoyèrent, regagnant leurs nids, dans la tourelle.

La nuit tombait.

Le berger ramena son troupeau. Les travailleurs, harassés, rentrèrent.

Soudain, une bousculade se produisit dans la cour encombrée. Une clameur s'éleva :

— Les bleus !

La fermière accourut, affolée, dans la pièce où se tenait Mme de Bauville :

— Madame la comtesse, cachez-vous ; voici les bleus !... Mon Dieu ! Vous n'aurez pas le temps. Ils traversent la cour.

Elle allait et venait dans la chambre, incapable de rassembler ses idées, de prendre une décision.

Heureusement, Mme de Bauville conservait son sang-froid.

— Chut ! Pas un mot. Laissez-moi faire.

D'un geste rapide, elle jeta sur ses cheveux un fichu dont elle ramena la pointe sur son front, pour dissimuler ses traits, puis elle s'installa près du rouet, au coin de l'âtre, et se mit à filer tranquillement.

La pièce était obscure, le quinquet pas encore allumé.

Sa quenouille à la main, la comtesse tournait le dos à la porte.

A l'entrée de l'officier républicain, elle fit un mouvement pour se lever, très calme, sans manifester aucune crainte.

— Ne vous dérangez pas, la mère ! fit le commandant.

Il fouilla la pièce d'un coup d'œil circulaire et sortit pour inspecter les granges, les écuries, les étables, de fond en comble.

Sa visite terminée, il rassembla ses hommes dans la cour.

— On m'avait assuré que les brigands cantonnaient chez vous. Je sais que vous partagez leurs erreurs et que vous les protégez au besoin. Malheur à vous si l'on vous prend en faute. Nous brûlerons tout ici.

Sans laisser au fermier le temps de répondre, il cria des ordres. La troupe se mit en marche. Les pas cadencés retentirent sous la voûte, s'éloignèrent sur la route, s'éteignirent au loin.

On referma la lourde porte.

— Encore un danger évité. J'ai eu bien peur qu'on ne vous reconnût.

— C'est surtout pour vous que je tremblais, répondit la comtesse. Je regrette de vous avoir demandé asile et vous avez eu tort d'accéder à ma prière. Je vous compromets. Dès demain, je partirai...

Le fermier protesta vigoureusement. Sa femme, encore toute bouleversée, se joignit à lui.

La comtesse s'obstina :

— J'irai rejoindre l'armée.

— Attendez au moins, Madame la comtesse, que les chasseurs du roi soient prévenus de votre présence ici et puissent venir vous y chercher.

Elle se rendit enfin à leurs supplications.

Une servante raviva le feu, alluma le quinquet, posa la soupière fumante au milieu de la table, entre les assiettes de grosse faïence fleurie.

Déjà les convives prenaient place, tout à fait rassurés, quand le chien se mit à hurler furieusement, en même temps que le marteau ébranlait les vantaux de la porte.

Le fermier prit sa lanterne, traversa la cour d'un pas rapide.

On entendit sa voix qui calmait le dogue.

— La paix, Médor ! Tout beau, là !...

Un silence suivit.

Le cœur battant, haletantes, les femmes tendaient l'oreille.

Du seuil de la cuisine, les yeux de la fermière, anxieux, scrutaient la nuit.

La porte se referma, la lanterne se rapprocha. On distingua les bribes d'une conversation paisible.

Le calme revint.

Bientôt, le fermier rentra avec un paysan.

Celui-ci, dès le seuil, eut une exclamation de joyeuse surprise en apercevant la comtesse.

— Vous, Madame la comtesse !... Est-ce possible ?... Oh ! quel bonheur !

A genoux, dévotieusement, avec des larmes, il baisa les mains de la jeune femme.

— Jamais vous ne saurez, Madame la comtesse, combien je suis heureux. Je croyais ne plus vous revoir. Le bruit de votre mort a couru à l'armée.

— Le bruit de ma mort ?... Comment cette légende a-t-elle pu naître et s'accréditer ?

Le paysan conta la découverte du cadavre à Bernières.

— Mon Dieu, mais il faut détromper Pierre et Villefranche tout de suite ; leur dire que je suis ici vivante, bien vivante...

— Oui, oui, j'y cours, Madame la comtesse. Ah ! tout le monde va partager ma joie à l'armée.

— Braves gens ! murmura Mme de Bauville en essuyant furtivement une larme qui perlait au bord de ses cils.

L'homme allait partir. Le fermier le retint :

— Où cantonnent les chasseurs du roi ?

— Au Bois-des-Roches.

— Bon. La route est longue. Tu vas souper avec nous.

Avant de répondre, le chouan guetta l'approbation de la comtesse.

— C'est pas de refus.

Et, avant de s'asseoir :

— Bien de l'honneur que vous me faites, Madame la comtesse, en me permettant de prendre place à votre table.

La jeune femme sourit tristement : sa table !... Avait-elle seulement une pierre où reposer sa tête ?...

Le soleil était déjà haut, le lendemain matin, quand la comtesse quitta sa chambre pour descendre à la salle basse où les servantes affairées vaquaient aux soins du ménage.

Dans la cour, le même va-et-vient que la veille retint un moment son attention.

Autour d'elle, les enfants s'ébattaient gaiement, se bousculaient, riaient, insouciants.

Tout à coup, le fermier accourut :

— On annonce l'approche des bleus, fit-il à voix basse, il faut vous cacher, Madame la comtesse.

Il fit sortir ses enfants.

— A leur âge, on garde mal un secret. Je préfère qu'ils ignorent votre retraite.

Suivi de Mme de Bauville, il passa dans une petite pièce que le lit très large, avec ses rideaux de cretonne, emplissait presque tout entière.

Il prit une échelle dissimulée dans un coin, l'appuya contre une poutrelle du plafond. Il y grimpa, toucha du doigt un ressort dissimulé dans les draperies. Le ciel de lit s'abaissa, démasquant une ouverture ménagée dans le plafond.

— Montez vite, Madame. Là-haut, vous serez en sûreté.

Il maintint l'échelle pendant que la jeune femme l'escaladait; puis il la retira, replaça le baldaquin et s'en fut vivement.

En jetant les yeux autour d'elle, Mme de Bauville vit qu'elle se trouvait enfermée dans une étroite soupente, où elle n'aurait pu se tenir debout, et qui prenait jour sur la cour par un œil-de-bœuf percé sous le toit.

Blottie dans un coin d'ombres, sur une botte de foin, elle attendit.

Les bruits du dehors ne parvenaient que faiblement jusqu'à elle. Dans le murmure des voix, elle ne distinguait point les paroles.

Cependant, le détachement républicain s'était rangé dans la cour.

Le commandant interpella le fermier :

— Le citoyen Louchart, ici présent, dit-il en désignant le petit homme malingre qui se tenait à son côté, a de sérieuses raisons de croire que vous cachez la veuve du général Bauville.

— Vous avez visité hier soir toute ma ferme, libre à vous de recommencer.

L'officier ordonna à quelques-uns de ses hommes de l'accompagner et se dirigea vers la maison. Chemin faisant, il demanda :

— Qui était cette femme qui filait dans la cuisine quand j'y suis entré ?

— Ma foi, je ne m'en souviens pas. Une servante, sans doute.

— La pièce était obscure; je n'ai pu distinguer les traits de cette fileuse. Je regrette de ne m'être pas livré à un examen plus approfondi.

— Oh ! qu'à cela ne tienne : si vous le désirez, proposa le fermier, je vais faire rassembler toutes les femmes qui logent ici. Votre compagnon s'assurera facilement que Mme de Bauville n'est point parmi elles.

— Soit, accéda l'officier.

Devant la porte, les servantes et la fermière s'alignèrent à l'appel du maître. Louchart les passa en revue, fit signe au commandant qu'il ne voyait point la personne qu'il cherchait.

Dépité, celui-ci cria vers sa troupe :

— Quatre hommes !

Les soldats s'approchèrent.

— Gardez ces femmes à vue jusqu'à notre retour.

Il entra dans la maison avec Louchart et le fermier.

Minutieuse, la visite dura près de deux heures, pendant lesquelles la prisonnière se morfondit dans sa soupente, attentive au moindre bruit.

Distinctement, elle entendit marcher au-dessous d'elle.

— Qui couche dans ce lit ? demandait la voix soupçonneuse de Louchart.

— Deux de mes enfants, répondit le fermier.

Les semelles crièrent encore quelque temps sur le carreau. La comtesse était plus morte que vive. Enfin, la porte se referma et tout rentra dans le silence.

Dans la cour, des commandements se croisèrent. La cadence des pas frappa le sol.

Des minutes coulèrent lentement.

La recluse entendit grincer une porte au-dessous de sa soupente.

Brusquement, le ciel de lit s'abaissa, pendant que la voix du fermier appelait :

— Madame la comtesse !...

Heureuse de revoir le grand jour, Mme de Bauville s'empressa vers la trappe libératrice.

— Les bleus sont partis ; vous pouvez descendre.

Elle obéit et, pendant que le fermier remettait tout en ordre, gagna la cuisine.

Comme elle allait en franchir le seuil, Louchart, qui s'était attardé à rôder aux environs, se dressa soudain devant elle.

Instinctivement, elle se détourna pour cacher son visage. Elle eut peine à retenir un cri de frayeur. Puis, brusquement, une idée traversa son cerveau.

— Les chouans ! cria-t-elle. Voilà les chouans !

En même temps, affolée par la crainte de voir revenir les bleus, elle se mit à courir vers une porte basse ouvrant, à l'autre extrémité de la cour, sur la campagne.

Effrayé, Louchart tira de son côté, aussi vite que le lui permettaient ses jambes. Il contourna les bâtiments de la ferme, arriva à l'angle du mur, juste à point pour apercevoir la comtesse qui fuyait à travers champs. Il se lança à sa poursuite.

Si rapidement qu'elle se fût détournée, tout à l'heure, il avait eu le temps de la reconnaître, malgré la coiffe campagnarde, la nouveauté de l'accoutrement.

Il courait en se dissimulant de son mieux, sans trop se presser, sûr de rejoindre, quand il le voudrait, la fugitive qui se fatiguerait vite. L'entreprise, d'ailleurs, était sans danger. Avec une femme pour adversaire, la lutte ne serait ni longue ni périlleuse.

La distance qui le séparait de sa proie diminuait à vue d'œil.

La comtesse ne détournait pas la tête. Sans doute, elle ne se doutait point qu'on la suivait.

Tout à coup, elle s'arrêta, l'oreille au guet.

Louchart, surpris, l'imita ; puis, prudemment, se laissa choir dans un fossé. Il écouta. Un bruit de pas nombreux parvint distinctement jusqu'à lui.

— Si c'étaient les brigands !...

Il jeta autour de lui un regard anxieux : la comtesse avait disparu !

Les pas se rapprochaient.

Bientôt, au tournant du chemin, des silhouettes se profilèrent sur le ciel. Quelques minutes encore et l'on pouvait distinguer sur les feutres à larges bords la petite tache blanche des cocardes royalistes.

Au milieu d'un groupe d'officiers, précédé d'une faible escorte d'éclaireurs, Pierre marchait en tête de sa troupe.

Arrivé à quelques toises de l'endroit où Louchart se tenait caché, il s'arrêta brusquement. Une quinte de toux partait d'une touffe de genêts plantés en bouquet autour d'un saule ébranché, dans un champ voisin.

— Halte ! Il y a quelqu'un par ici. Fouillez ce champ.

Louchart, dans son fossé, se faisait tout petit. Il tremblait comme une feuille.

Les soldats battirent le fourré sans succès.

— Pourtant, je n'ai pas la berlue, que diable ! s'écria Pierre.

A son tour, il entra dans le champ.

Une nouvelle quinte de toux se fit entendre, partant, à n'en point douter, du tronc même du saule. En s'approchant, Pierre s'aperçut que l'arbre était creux. Il se pencha sur l'ouverture, et quelle ne fut pas sa stupéfaction en apercevant une femme blottie dans l'étroite cavité, et qui jeta vers lui un regard implorant :

— Madame la comtesse !

— Pierre !

La double exclamation jaillit en même temps de leurs lèvres.

Les officiers, les soldats qui l'avaient entendue, s'élancèrent, heureux de revoir celle qu'ils avaient crue perdue à jamais. Pierre dut les écarter, les obliger à reprendre leur rang.

Dans sa cachette, Louchart commençait à se rassurer. Il tendait l'oreille, bien décidé à ne pas perdre une syllabe des propos qui allaient s'échanger, et à en faire son profit.

— Un paysan, disait Pierre, m'avait averti, ce matin, de votre présence à Lonchamps, et nous nous y rendions pour vous voir, avant de surprendre l'ennemi qui cantonne à Fontenailles... Comment se fait-il que vous ayez quitté la ferme ?

— La crainte des bleus m'en a chassée, répliqua Mme de Bauville, qui conta les deux visites auxquelles ils avaient procédé, mais sans parler spécialement de Louchart, qu'elle ne connaissait point.

Pierre la rassura.

— Les bleus ne reviendront plus, du moins pour le moment. Ils auront assez à faire avec nous. Nous allons vous reconduire à Lonchamps et nous vous y reprendrons dès que l'ennemi sera délogé de Fontenailles.

Il donna le signal du départ, et marcha à côté de la comtesse, qui s'appuya sur son bras.

Dès que la troupe se fut éloignée, Louchart sortit de sa cachette, se secoua avec les marques d'une joie manifeste.

— Louchart, mon ami, tu l'as échappé belle, monologua-t-il ; mais, en revanche, tu n'as pas perdu ton temps... Que mes bons amis les républicains se fassent massacrer à Fontenailles, je m'en soucie fort peu, puisque je n'y serai pas. Sans doute, il serait bon de les avertir ; mais, baste ! j'ai mieux à faire.

Et de sa démarche sautillante, il prit allègrement le chemin de Bayeux...

... Le soir, Pierre ramenait à Lonchamps son armée victorieuse. La déroute des bleus était complète. Surpris au château de Fontenailles, ils s'étaient enfuis, harcelés tout le jour par les brigands.

Les soldats marchaient gaillardement d'un pas relevé, sans sentir la fatigue, joyeux à la pensée de retrouver la veuve de leur général.

Prends ton fusil, Grégoire,
Prends ta gourde pour boire ;
Ces messieurs sont partis
Pour chasser la perdrix.

Le refrain courait d'un bout à l'autre de l'armée, scandant la cadence de la marche.

On approchait de la ferme. Ses toits de chaume pointaient dans la verdure.

On atteignit le mur de clôture, au faîte couronné de lierre. Encore quelques pas, et l'on arriverait à la voûte en ogive qui donnait accès dans la cour.

Ah ! la bonne nuit qu'on passerait là ! Le bon sommeil qu'on allait goûter dans la paille fraîche des granges, après la fatigue du combat. Douce perspective, réconfortante pour les quelques blessés qui tiraient la jambe, à l'arrière-garde !

Soudain, le fermier apparut sur la route, devant sa porte.

Pierre, qui l'aperçut le premier, fut frappé de sa mine défaite.

Il eut le pressentiment d'un malheur. Il pressa son cheval, jeta, dès qu'il fut à portée de voix, la question que dictait son anxiété :

— Madame la comtesse ?

Le fermier leva les bras au ciel et les laissa retomber, d'un geste désespéré.

— Quoi ? qu'est-il arrivé ? demanda Pierre de plus en plus inquiet.

— On est venu l'arrêter !...

Le jeune homme, à ces mots, reçut un choc en plein cœur.

Arrêtée !... Mme de Bauville était arrêtée ! Et cela au moment même où il venait la chercher, où il ramenait après la victoire ses soldats joyeux et confiants !

— Il pouvait être 2 heures, poursuivit le fermier, nous écoutions crépiter la fusillade, du côté de Fontenailles... Tout à coup, le roulement d'une voiture se fait entendre sur la route en même temps qu'un galop de chevaux. Ce sont les chasseurs du roi ! pensions-nous ; et, sans défiance, nous sortons tous dans la cour, y compris Mme la comtesse... Hélas ! avant que nous ayons pu seulement nous reconnaître, un détachement de gendarmes nous entourait et un homme se devait d'un cabriolet pour désigner la comtesse. Aussitôt, les gendarmes obligeaient notre dame à monter dans la voiture qui filait au grand trot dans la direction de Bayeux, sans nous laisser le temps d'opposer la moindre résistance.

— L'homme du cabriolet, le connaissez-vous ?

— Il était venu déjà le matin avec les bleus, et l'officier qui les commandait l'appelait Louchart.

— Louchart ! Ah ! le maudit ! Comment ai-je été assez fou pour lui faire grâce ?

Villefranche et quelques autres s'étaient approchés. Ils demeuraient muets, la lèvre tremblante, les yeux obstinément fixés sur le sol, sans oser se regarder.

X

— Jacqueline, il faut que je parle à votre oncle, tout de suite !

Dès la porte ouverte, Pierre jeta cette phrase à la jeune fille interdite.

— Mon Dieu, que se passe-t-il ? demanda-t-elle inquiète, à la vue des traits bouleversés du visiteur.

— Mme de Bauville vient d'être arrêtée !

Jacqueline le regarda une seconde sans comprendre, les yeux agrandis, la bouche entr'ouverte. Elle murmura enfin :

— Arrêtée ?... Alors, c'est le tribunal, la condamnation, la...

— La mort, acheva Pierre... Hélas ! oui !

— Que faire ?

— Hier, en apprenant la nouvelle, je voulais attaquer la prison, la prendre d'assaut, délivrer la comtesse. Mes amis m'ont montré la folie d'une telle entreprise.

— Alors ?

— Alors, j'ai tourné mon espoir vers Socrate. Lui seul peut nous sauver, s'il y consent.

— Venez ! répondit vivement Jacqueline.

En même temps, elle entraînait Pierre dans la salle à manger.

Au bas de l'escalier, elle appela :

— Mon oncle !... Mon oncle !

— Oh là ! cria la voix courroucée de Socrate, par Pluton, dieu des enfers ! que signifie ce sabbat ?... Le feu serait-il à la maison ?

— De grâce, descendez vite !

Le vieillard s'exécuta en maugréant. On l'entendit refermer bruyamment le volume qu'il lisait. Ses pas résonnèrent lourdement sur les degrés de bois.

— Eh quoi ! s'écria-t-il en apercevant Pierre debout au milieu de la pièce. C'est pour toi qu'on me dérange aussi matin ? Par Zeus Olympien ! mon général, tu ne doutes de rien !... Me prendrais-tu, par hasard, pour un de tes chouans maudits ?...

Devant la mine chagrine du jeune homme, il changea le ton brusquement :

— Ma parole, vous avez tous deux des airs d'enterrement. Qu'y a-t-il donc de cassé ?

Pierre conta l'arrestation de la comtesse.

— Triple brute ! s'écria Socrate, dès que l'enfant eut terminé son récit, quadruple imbécile que je suis ! Je plaisante, je fais de l'esprit quand tu viens m'annoncer un malheur pareil !...

Il s'accabla d'injures.

Lorsque sa colère se fut un peu calmée :

— Et c'est Louchart, n'est-ce pas, demanda-t-il, qui est encore l'auteur de ce nouveau forfait ?

— Oui.

— Le misérable !... Quand je pense que je l'ai reçu chez moi, qu'il s'est assis à ma table !...

— Et quand je pense, moi, interrompit Pierre, que je l'ai tenu en mon pouvoir, et que je l'ai laissé partir !...

— Tu as bien fait de pardonner, mon fils. Je t'ai approuvé, je t'approuve encore. Pourtant, s'il retombe entre les mains, ne lui fais plus grâce. C'est un lâche : il s'attaque aux femmes. Il a trahi les républicains aussi bien que les royalistes... J'en sais long sur son compte. Il a feint d'être affilié à la franc-maçonnerie — où je me suis moi-même, hélas ! fourvoyé, ajouta-t-il tout bas — pour enrôler plus sûrement dans ses louches projets le bûcheron de Cerisy dont il causa la mort. Il mérite un châtiment exemplaire. Il l'aura tôt ou tard, car les loges ne plaisantent pas... Mais, pour l'instant, ce n'est point de tout cela qu'il s'agit. Nous le retrouverons. Il faut aller au plus pressé.

— Oh ! oui, mon oncle, sauvez la comtesse ! supplia Jacqueline, les mains jointes.

— La sauver, c'est facile à dire ; mais je ne suis pas déjà si bien en cour auprès de Robespierre qui m'accuse de manquer de zèle... Et puis, je suis un vieux républicain, moi ; un compagnon de La Fayette, un disciple des philosophes...

— Mais vous désapprouvez les crimes qu'on commet au nom de la liberté ?

— Sans doute... Ah ! petite masque ! tu sais me prendre par mon côté faible... Enfin, nous tâcherons de sauver la comtesse.

Puis, s'adressant à Pierre :

— Et toi, as-tu un plan ?

— J'en avais un : arracher de force Mme de Bauville à ses bourreaux.

— Pure folie !

— C'est ce qu'on m'a dit. Alors, je ne sais plus. J'ai compté sur vous.

— Toi aussi !... Eh bien ! écoute : je vais tenter l'impossible. J'ai à Paris un ami dévoué qui est le familier de Tallien. J'irai le voir.

— Quoi, mon oncle ! s'écria Jacqueline. Vous feriez cela ?... Vous iriez à Paris ?

— Et pourquoi non, s'il te plaît ? Suis-je trop vieux pour affronter le voyage ?

— Mon bon oncle, vous êtes la bonté même.

Et Jacqueline sauta au cou du vieillard et mit deux baisers sonores sur ses joues.

— Donc, poursuivit-il, je verrai Crassus — c'est le nom de mon ami. — Je tâcherai qu'il intéresse Tallien au sort de Mme de Bauville.

Pierre ne savait comment exprimer sa reconnaissance. Il était touché jusqu'aux larmes de la bonté de ce vieux sage aux principes antiques.

Socrate lui imposa silence.

— Tu me remercieras plus tard si je réussis... Jacqueline, prépare mon bagage ! Je pars tout de suite. Il n'y a pas de temps à perdre... Quant à toi, poursuivit-il en s'adressant à Pierre, ne tente rien d'ici mon retour ; tu risquerais de compromettre le succès de mon entreprise et celle que nous voulons sauver.

Le jeune homme promit.

— Je resterai au Bois-des-Roches.

— C'est cela. Et si Jacqueline et Marie-Antoinette sont inquiétées, elles trouveront un appui auprès de toi, n'est-ce pas ?

— Comptez sur moi.

Socrate tendit la main à Pierre.

— Adieu. Aie confiance. Je ferai tout ce qui dépendra de moi.

— Merci.

Et Pierre se retira, emportant dans son cœur une lueur d'espoir.

<h1 style="text-align:center">XI</h1>

En rompant le pain que venait apporter son geôlier, Mme de Bauville découvrit, nichée dans une cavité de la mie, une mince boulette de papier végétal qu'elle déroula. Sur l'étroite bandelette, elle déchiffra ces mots, écrits à la pointe d'une aiguille :

« Ayez confiance, un philosophe grec veille sur vous. »

Sous l'anonymat du billet, elle devina la personnalité de son auteur. Le philosophe grec auquel on faisait allusion ne pouvait être que Socrate, et c'était lui qui avait tracé la phrase consolante.

A la relire, le courage lui revint.

C'était, depuis quatre jours que durait sa détention, le premier signe de vie qui lui vînt de l'extérieur. On l'avait mise au secret. Le geôlier, en la servant, ne lui adressait jamais la parole. Elle était demeurée seule avec ses pensées, avec son angoisse, avec l'idée torturante que jamais plus elle ne reverrait sa fille.

Et voilà que, soudain, la petite banderole de papier lui apportait l'espoir, le réconfort.

En une minute, rien que pour avoir vu les caractères tracés sur ce fil ténu, sa confiance renaissait, les murs nus de l'obscur cachot s'éclairaient, le coin de ciel encadré dans la fenêtre minuscule et grillagée lui semblait plus bleu. La maigre couchette, la chaise dépaillée, la table boiteuse lui parurent moins misérables, sous l'effet du soleil intérieur qui réchauffait son cœur.

Un à un, elle revivait les événements qui s'étaient déroulés pendant ces quatre mortelles journées.

D'abord c'avait été son arrestation à la ferme de Lonchamps, la brusque surprise de se trouver en face des gendarmes républicains, alors qu'elle croyait à l'arrivée des chouans.

Presque sans qu'elle s'en rendît compte, on l'avait enlevée, hissée dans le cabriolet. Elle s'était trouvée assise à côté de Louchart, l'ancien laquais qu'elle méprisait, et qui n'avait cessé pendant tout le voyage de fixer sur elle la méchanceté fourbe de son regard triomphant.

De la durée du trajet, du pays parcouru, elle n'aurait rien pu dire, tant ses souvenirs étaient brouillés par l'émotion. Elle se rappelait seulement qu'à l'entrée de Bayeux on l'avait fait descendre de voiture.

Au long de la rue principale, un régiment formait la haie.

— Portez armes !... Présentez armes ! avait crié la voix de l'officier.

Les tambours avaient battu aux champs : on rendait à la prisonnière les honneurs militaires.

A son passage, l'officier l'avait saluée du sabre, respectueusement ; des murmures sympathiques étaient montés de la foule accourue, curieuse, pour voir la veuve du général de Bauville.

Alors elle s'était raidie, d'un effort suprême. Elle était passée la tête haute entre les deux rangées de soldats jusqu'à la prison dont les lourdes portes s'étaient refermées sur elle.

Depuis lors, rien n'avait rompu sa solitude que l'apparition du geôlier silencieux, jusqu'à ce que le bienheureux billet vînt lui rendre un peu de confiance. Une dernière fois elle le relut, les larmes aux yeux, avant d'en faire une mince boulette qu'elle avala pour en détruire toute trace. Bien lui en prit ; car, au même instant, la porte de sa cellule s'ouvrait. Une voix appela :

— Citoyenne Bauville !...

Docile, elle suivit le gardien dans le dédale des corridors.

Sous la voûte en berceau d'une salle basse, mal éclairée par le jour gris d'un soupirail étroit, derrière une table, le commissaire du district, entre ses deux assesseurs, érigeait la majesté de son costume chamarré.

A l'entrée de la comtesse, il se pencha

vers ses voisins, murmura quelques mots à voix basse :

— La veuve Bauville est protégée par un affilié de notre Loge *la Thémis.*

— Socrate ?

— Lui-même.

Les assesseurs s'inclinèrent.

Le commissaire procéda à l'interrogatoire d'identité ; après quoi il questionna la comtesse sur l'emploi de son temps après la mort de son mari.

— Les chasseurs du roi vous ont abandonnée, dit-il. Ce sont des lâches.

Mme de Bauville se redressa sous l'outrage infligé à ses fidèles soldats.

— Si leur chef était ici, s'écria-t-elle, vous ne tiendriez pas un pareil langage. Il vous ferait tous trembler.

Le visage des trois hommes exprima la colère.

Après un silence, le commissaire questionna les soldats qui avaient arrêté la prisonnière, ceux qui l'avaient escortée.

L'un d'eux déclara :

— Si j'avais su que la citoyenne fût la veuve du général Bauville, je l'aurais fait évader.

— Pourquoi ? demanda le commissaire, encore plus surpris que furieux.

— Parce que je dois la vie au général de Bauville. A Cerisy, il pouvait nous fusiller, moi et mes camarades. Il nous a fait grâce.

— Le citoyen Louchart est-il ici ?

L'officier de gendarmerie répondit que Louchart avait disparu depuis le jour de l'arrestation.

De nouveau, le commissaire se pencha vers ses assesseurs :

— Les soupçons exprimés par Socrate se confirment, murmura-t-il. Louchart s'est fait passer pour franc-maçon. Il craint d'avoir été découvert et redoute notre ressentiment, sachant sans doute que notre association veille sur ses membres et punit de mort quiconque leur fait tort et se glisse sans droit parmi eux.

Puis, s'adressant à la comtesse :

— Citoyenne, le tribunal révolutionnaire, devant lequel vous serez traduite, décidera de votre sort.

Il donna l'ordre au gardien d'emmener la prisonnière :

— Nous levons le secret.

Dans la cour où la conduisit son geôlier, Mme de Bauville aperçut une jeune femme qui berçait doucement entre ses bras un tout petit enfant. Les yeux de la mère se fixaient ardemment sur le visage rose qui souriait, une goutte de lait demeurée au coin des lèvres entr'ouvertes.

Des larmes glissèrent sur les joues de la comtesse ; un nom jaillit de son cœur :

— Antoinette !...

Le nom de sa fille, son unique raison de vivre, la chère petite, qu'elle ne verrait peut-être plus.

Poussée par un irrésistible élan de sympathie, elle s'approcha de la jeune femme, sa compagne de captivité...

... A la même heure, Socrate prenait place dans une chaise de poste qui filait sur Paris.

Pendant les trois jours qu'il avait passés à Bayeux, le vieillard n'avait point perdu son temps.

Il était allé trouver le commissaire du district. Ce fonctionnaire faisait partie comme lui de la Loge maçonnique *la Thémis.* Socrate était entré dans cette association secrète, bien avant la Révolution, à une époque où beaucoup de gentilshommes, abusés par de fausses théories philosophiques, commettaient la même erreur. Il le regrettait amèrement, depuis qu'il comprenait qu'ainsi il s'était fait le complice involontaire d'une foule de crimes ; mais, du moins, voulait-il que ses errements de jeunesse lui servissent à accomplir une bonne action, et grâce aux relations que lui créait son titre, à l'autorité qu'il lui conférait, il avait obtenu que la prisonnière fût traitée avec égards et qu'elle bénéficiât d'un sursis. De la sorte, il aurait le temps d'intervenir auprès de son ami Crassus.

Il avait également rendu visite à l'officier qui commandait, à Cerisy, le détachement chargé de surprendre les chouans.

Celui-ci n'avait pas oublié la conduite chevaleresque du comte de Bauville. Il avait assisté aux derniers moments du gentilhomme lâchement assassiné.

Dès que Socrate lui eut exposé sa requête, il ne fit aucune difficulté pour lui donner un certificat ainsi libellé :

« Nous soussignés, déclarons et attestons sur l'honneur qu'ayant fait partie d'un détachement envoyé en janvier 1794, dans la forêt de Cerisy, pour y surprendre les chasseurs du roi, et faits prisonniers par l'ennemi, nous ne dûmes notre salut qu'au caractère noble et généreux de M. de Bauville, l'un des généraux de l'armée royale, qui, peu d'instants avant sa mort, parvint par ses exhortations à contenir la fureur de ses troupes et leur fit même la défense la plus rigoureuse d'attenter à la vie des prisonniers dont le sacrifice paraissait résolu. »

Les soldats avaient apposé leur signature à la suite de celle de leur chef, et Socrate emportait le précieux document.

Il avait hâte d'arriver. Aussi paya-t-il grassement les guides pour stimuler l'ardeur des postillons.

Deux jours après, il entrait à Paris.

Son premier soin fut de courir chez Crassus.

Celui-ci habitait un modeste entresol, rue de Buci.

Il était assis, quand Socrate entra, devant une table surchargée de papiers, au milieu de l'unique pièce dont l'alcôve occupait tout le fond, derrière les rideaux de cotonnade déteinte.

Il releva la tête, montra un large mufle de lion entre les ailes de la perruque poudrée à l'ancienne mode.

Son visage s'éclaira d'un bon sourire. Il

courut au-devant du visiteur, les bras ouverts.

Après un long embrassement, il s'informa des raisons qui motivaient la venue de son ami.

— La meute de Robespierre se serait-elle lancée à tes trousses ?

Socrate le rassura.

— Non, mon cher Crassus, personnellement je ne crains rien... Jamais tu ne devineras quels motifs m'ont fait quitter ma retraite pour venir implorer ton secours.

— Quels qu'ils soient, je les bénis, puisqu'ils me procurent la joie de te revoir après une si longue séparation ; mais, de grâce, explique-toi : que puis-je pour toi ?

— Eh bien ! mon ami, moi, le vieux républicain, le jacobin farouche, le disciple de Jean-Jacques, l'admirateur des libertés antiques, je viens te supplier d'intercéder en faveur d'une ci-devant !...

Il exposa sa requête, présenta le certificat.

Crassus en prit connaissance

— Allons, je comprends quel intérêt tu portes à la comtesse, au nom de l'humanité... Quand a-t-elle été arrêtée ?

— Il y aura demain une semaine qu'elle est prisonnière.

— A-t-elle été jugée ?

— Elle ne l'était pas encore quand j'ai quitté Bayeux avant-hier.

— N'importe, il faut nous hâter ; les tribunaux sont expéditifs.

— Le commissaire du district est des nôtres. J'ai mis la comtesse sous la protection de la Loge.

— C'est une garantie, mais insuffisante. Le parti de Robespierre est tout-puissant. Ses ordres sont formels... Encore un coup, il faut nous hâter. Je vais t'accompagner chez Tallien. Lui seul peut quelque chose... s'il le veut.

— Quoi ! tu supposes qu'il puisse refuser, lui, l'adversaire de Robespierre, le chef du parti modéré ?

— Je ne dis pas cela... Pourtant, il craint tant de se compromettre. Enfin, espérons.

Tout en parlant, les deux amis étaient sortis. Ils se dirigèrent rapidement vers la rue du Bac.

Devant une porte basse, peinte en vert sombre, Crassus arrêta Socrate.

Au heurt du marteau, un domestique parut.

— Le citoyen Tallien est à la Convention, déclara-t-il en reconnaissant Crassus.

Les deux hommes se remirent en route.

— Où me conduis-tu ? questionna Socrate.

— A la Convention.

L'assemblée était en séance quand ils y arrivèrent. Ils durent attendre une suspension dans les couloirs.

Bientôt un brouhaha s'éleva : les députés se répandaient dans les corridors, par groupes, en discutant.

— Voici Tallien.

Crassus se dirigea vers un des députés,

lui dit quelques mots à voix basse, l'entraîna près de Socrate qui attendait, anxieux, le résultat du colloque.

Crassus avait conservé l'attestation signée des républicains. Il la remit à Tallien qui la lut attentivement et, sans un mot, regagna son groupe.

De loin, les deux hommes le virent montrer la pièce à ses amis qui approuvaient de la tête ; puis il alla vers un autre groupe, recommença son manège.

— Bon, fit Crassus, il parlera.

Entre conventionnels, des propos s'échangeaient :

— Approuvez-vous le projet de fondation de l'École polytechnique ?

— Pleinement.

— Quand le présentons-nous ?

Tallien revint aux deux amis :

— La chance nous sert heureusement, dit-il à Socrate. Robespierre n'assiste pas à la séance.

Avant que Socrate ait eu le temps de remercier le député, il avait disparu.

La séance allait reprendre. Crassus entraîna Socrate dans une tribune.

— D'ici, nous pourrons suivre la discussion.

Au-dessous d'eux, les députés regagnaient leurs bancs. Tout au haut de la salle, dans la partie qu'on appelait la montagne, à cause de son élévation, les partisans de Robespierre entouraient Saint-Just et Couthon. Presque tous portaient le gilet à larges revers mis à la mode par leur chef : le gilet à la Robespierre.

Un silence se fit.

Tallien s'était levé. Il promena sur l'assemblée un regard de défi et commença :

— Citoyens députés, s'il est des criminels pour lesquels la nation a le devoir de se montrer impitoyable, elle doit aussi s'honorer en faisant grâce à ceux de ses adversaires qui, trop aveugles pour embrasser le parti de la liberté, font du moins preuve, dans leur erreur, de vertus dignes d'une meilleure cause.

Avec des gestes larges, l'orateur déroula ses périodes. Il dit la mort du général de Bauville ordonnant, au moment d'expirer, que la vie des prisonniers fût épargnée.

La veuve de cet ennemi généreux était sous les verrous.

Si la Convention refusait de répondre à la clémence par la clémence, si elle n'accordait pas la grâce de la captive, le tribunal de Bayeux l'enverrait au supplice, à la mort.

Cette grâce, il n'était pas seul à l'implorer : les cinquante soldats épargnés par Bauville joignaient leurs supplications à ses prières. C'est en leur nom qu'il prenait la parole.

— En leur nom, je vous demande, citoyens, de faire devant la nation, devant l'Europe étonnée, le geste majestueux et divin du pardon.

Des applaudissements saluèrent sa péroraison pompeuse.

La partie semblait gagnée. Pourtant, Couthon surgit à la tribune.

Avec des mots violents, des phrases hachées, qui sonnaient comme des aboiements furieux, scandés par des gestes secs d'automate, il invectiva son collègue :

C'était méconnaître les intérêts les plus sacrés de la nation que proposer une mesure de clémence à l'heure même où ses ennemis la menaçaient de toute part. Il fallait faire des exemples, faire tomber sans pitié les têtes des rebelles, ne pas s'arrêter à une sensiblerie indigne de députés conscients de leurs devoirs.

— L'insurrection, clama-t-il, s'est levée contre nous en même temps que l'étranger !... D'où venait le ci-devant comte de Bauville, quand les troupes républicaines l'ont surpris à Cerisy ?... Du siège de Granville, où les rebelles avaient tenté un coup de force, dans l'espoir de favoriser le débarquement des Anglais. Donc, l'homme pour la veuve duquel on implore aujourd'hui votre générosité était un de ces brigands qui ne reculent pas devant la perspective de voir leur patrie envahie par l'étranger, dans le dessein de servir leurs funestes passions.

— C'est faux ! interrompit Tallien, dressé sur son banc. Le général de Bauville désapprouvait les alliances avec l'étranger. Je n'en veux pour preuve que cette lettre qu'il écrivait à sa femme peu de jours avant sa mort, et qui fut saisie sur elle lors de son arrestation.

Couthon rugissait, le corps penché hors de la tribune, comme prêt à bondir sur son adversaire.

Tallien brandissait la lettre.

Dans l'assemblée, des vociférations se croisaient, des injures se heurtaient, au milieu du tumulte.

Le président, Boissy d'Anglas, imposa silence.

— Aux voix ! aux voix !
— Oui, oui, votons.
— A mains levées.

L'orage s'apaisa.

Dans la tribune, Socrate tremblait, épongeait la sueur froide que l'angoisse faisait perler à son front.

— Pour la grâce, prononça le président.

Partout, des mains se levèrent, sauf aux bancs de la montagne.

Un silence.

— A la majorité, la Convention nationale accorde la grâce de la citoyenne Bauville.

Socrate et Crassus quittèrent la salle, en proie à la joie la plus vive.

Tallien vint les rejoindre dans le couloir. Socrate lui prit les mains, les serra avec effusion, incapable d'articuler une parole.

Le député lui remit les lettres de grâce qu'un scribe venait de rédiger.

Une heure après, un courrier partait pour Bayeux, à cheval, avec des instructions précises et l'ordre de brûler le pavé.

— Pourvu qu'il n'arrive pas trop tard, songeait Socrate en le voyant s'éloigner.

XII

La foule se pressait aux abords de la prison, dans les rues avoisinantes, jusque sur la grand'place où se préparait l'exécution de la comtesse de Bauville.

Des propos s'échangeaient entre les curieux désireux de tromper leur impatience.

— La charrette vient d'entrer dans la cour... Nous n'aurons plus longtemps à attendre. Sans doute, on procède à la toilette.

Plus sensibles, des femmes plaignaient la condamnée.

D'autres invectivaient des gamins juchés dans les arbres du boulevard, pour mieux voir.

Grave, un roulement de tambour se fit entendre. La porte de la prison s'ouvrit toute grande.

Une rumeur courut dans la foule.

On se pressa. Des têtes se penchèrent. La charrette allait sortir...

Au même moment, un officier à cheval déboucha d'une rue voisine, pénétra dans la cour au grand trot, jeta un ordre. Les lourds battants de chêne se refermèrent.

Des murmures marquèrent la déception des badauds, mécontents d'être frustrés d'un spectacle émouvant, dont l'attrait avait soutenu leur impatience.

Bientôt, partie des rangs les plus rapprochés de la prison, une nouvelle se propagea de proche en proche : « La comtesse était graciée ; l'exécution n'aurait pas lieu. »

On commenta l'événement.

Plusieurs refusaient d'y croire ; d'autres désapprouvaient la mesure de clémence ; le plus grand nombre applaudissait sans réserve, grâce à cette inconsciente mobilité de la foule.

Les soldats qui faisaient la haie se retirèrent en bon ordre.

Les curieux, déçus, demeurèrent un bon moment à contempler les vantaux de la porte close, puis, voyant qu'ils ne se décidaient point à se rouvrir, prirent le parti le plus sage et rentrèrent chez eux.

Lorsque se dispersa le dernier groupe, celui où l'on avait le plus ardemment critiqué le décret de la Convention, un homme d'aspect chétif, monté sur deux jambes maigres et courtes, s'éloigna en rasant les murs dans la direction de la cathédrale.

C'était Louchart.

A travers un dédale de rues étroites, à l'ombre protectrice des balcons de ferronnerie, il gagna les faubourgs.

Il gesticulait en marchant, ses lèvres s'agitaient ; il semblait en proie à la plus vive colère : une fois de plus, il venait de voir s'évanouir le rêve de vengeance si longtemps, si chèrement caressé.

Après le comte, sottement assassiné par un sectaire trop zélé, voici que la comtesse, sa seconde victime, lui était arrachée au moment même où l'échafaud dressé n'attendait plus que sa tête. En vérité, il jouait de malheur.

Et sa fureur se tournait contre celui

qu'il soupçonnait de s'être mis en travers de ses projets, contre ce Socrate, dont le voyage à Paris, sans aucun doute, n'avait pas été étranger à la grâce de la comtesse.

Un ennemi de plus, ce Socrate qu'il avait si habilement endoctriné au début et qui maintenant avait percé à jour les basses ambitions que voilait l'ardeur patriotique de l'ancien laquais.

Alors, pourquoi avoir voulu mêler au complot de Fontenailles cette petite sotte de Jacqueline, qu'il croyait si bien tenir de son pouvoir et qui n'avait rien eu de plus pressé que de tout dévoiler à son oncle !... Et lui, ce vieux fou, était-il assez ridicule, avec ses principes renouvelés des Grecs, ses grandes idées de charité, d'amour, de fraternité, prétextes à tirades bonnes tout juste à alimenter le prône d'un ci-devant curé.

Tout en mâchant ces phrases haineuses, Louchart avait dépassé les dernières maisons des faubourgs et s'engageait sur la route de Caen.

A mesure que sa colère augmentait, un désir lui venait de lui trouver un objet, d'user sur quelque être plus faible que lui-même et qui ne lui inspirait aucune crainte son besoin de vengeance...

Tout à coup, il se frappa le front ; ses lèvres se contractèrent en un rictus hideux ; il prononça un nom à haute voix :

— Jacqueline !...

Il se frotta les mains, accéléra sa démarche sautillante...

A Courseulles, dans la petite maison de Socrate, la joie venait de rentrer, avec le soleil de mai, avec les senteurs des lilas aux lourdes grappes épanouies.

Envoyé par Pierre, un chasseur du roi avait annoncé la grâce de la comtesse, demeurée à Bayeux, chez des amis, pour attendre l'accomplissement de quelques formalités judiciaires.

Quels soulagements, après les jours de deuil et d'angoisse où l'on vivait dans la terreur constante d'apprendre la fatale, l'irréparable nouvelle !

Les volets s'étaient rouverts ; les heureuses petites pièces avaient repris leur aspect de gaieté simple.

On faisait des projets ; maintenant que Mme de Bauville n'aurait plus rien à craindre, elle viendrait habiter avec ses amis, chez eux ; elle retrouverait un foyer après la vie errante ; car nul doute que Socrate, à son retour, n'approuvât les desseins de sa nièce, ne consentît à garder sous son toit la veuve et l'orpheline.

Yvonne et Jacqueline allaient et venaient dans la maison.

Elles se souriaient, heureuses, chaque fois que leurs regards se croisaient. Et, pour se comprendre, elles n'avaient pas besoin d'échanger de paroles, tant elles sentaient leurs pensées identiques.

Marie-Antoinette circulait entre elles, avec des mines affairées, avec la certitude d'être indispensable, de rendre à sa gouvernante, à son amie, des services inap-

préciables. Parfois, l'une ou l'autre interrompait sa besogne pour arrêter la fillette au passage et mettre des baisers sur ses joues.

— Alors, c'est bien vrai, maman va revenir ?

— Mais oui, ma chérie.

— Et elle ne repartira plus ?

— Plus jamais.

Et l'enfant battait des mains, et se remettait hâtivement à l'ouvrage.

Vers le milieu de la journée, un gamin d'une dizaine d'années se présenta tout essoufflé à l'entrée du clos. La vieille servante le reçut. Très vite, il exposa le but de sa visite, sans prendre haleine, comme s'il eût récité une leçon apprise par cœur.

La domestique se précipita dans la maison aussi rapidement que le lui permettaient ses vieilles jambes, son corps pesant :

— Mademoiselle Jacqueline !... Mademoiselle Jacqueline !...

La jeune fille accourut :

— Qu'y a-t-il ?

— M. Pierre vous envoie chercher pour vous conduire auprès de Mme la comtesse.

— Me conduire auprès de la comtesse ?... Mais puisqu'elle doit revenir ici.

Le gamin, questionné, ne sut que répéter ce qu'il avait dit déjà à la servante. Pourtant, il finit par dire :

— M. Pierre a dit comme ça qu'il voulait faire une surprise à Mme la comtesse, en allant au-devant d'elle avec ces demoiselles.

— Comment ! ces demoiselles ? Est-ce qu'il compte que je vais emmener Antoinette ?

Le gamin fit un geste qui marquait son ignorance : on lui en demandait trop long.

— En vérité, murmura Jacqueline, Pierre aurait pu m'envoyer un messager un peu plus explicite.

— Où faire accompagner celui-ci par sa nourrice, grommela la servante familière.

Marie-Antoinette s'était approchée :

— Emmène-moi, dis, Jacqueline. Je serais si heureuse de voir ma maman.

La jeune fille hésita.

— Soit, fit-elle enfin, mais tu vas être bien fatiguée !

— Non, je suis forte.

— Si je vous accompagnais ? proposa Yvonne.

— Merci, ma bonne Yvonne, il ne peut rien nous arriver de fâcheux. Je préfère que vous restiez pour recevoir mon oncle, au cas où il reviendrait en notre absence. Je l'attends maintenant d'un moment à l'autre. Le dernier courrier nous annonçait qu'il allait quitter Mantes, où il a séjourné quelque temps, dans un but que j'ignore... Allons, adieu, ne soyez pas inquiète sur notre compte.

Elle prit la main de la fillette.

— Partons, ma chérie, et toi, petit, montre-nous le chemin.

Le gamin les précéda sur la route qu'éclairaient les rayons obliques du soleil à son déclin...

Le soir, après souper, Yvonne filait sous

le manteau de la vaste cheminée, en face de la servante somnolente.

— Voilà la gaieté partie avec les deux oiseaux qui se sont envolés. J'ai hâte de les voir revenir. Quoique je sache qu'elles ne courent aucun risque, je ne puis m'empêcher de trembler à la pensée qu'elles sont loin de nous qui pourtant ne sommes guère capables de les défendre.

Elle achevait à peine sa phrase qu'on frappa à la porte.

— Qui va là ? demanda-t-elle, vite dressée, sa quenouille tombée à ses pieds.

— Pierre, répondit une voix du dehors.

— Déjà !

Elle s'empressa, ôta la barre, fit jouer la serrure, ouvrit le battant...

Devant l'apparition qui se dressa soudain sur le seuil, elle eut un mouvement de recul et balbutia :

— Madame la comtesse !

— Moi-même, ma chère Yvonne ! s'écria la comtesse joyeusement en tendant les bras.

Pendant que les deux femmes s'embrassaient, Pierre entra dans la salle. Il fut tout surpris de la trouver vide.

— Jacqueline n'est pas là ?

En même temps, Mme de Bauville se précipitait :

— Antoinette ! vite, mon enfant chérie, que je te serre enfin sur mon cœur !

Au bruit, la vieille servante s'était éveillée en sursaut.

— Où est ma fille ? demanda la comtesse.

Yvonne regardait Pierre sans comprendre. Eh quoi ? devenait-elle folle ?

— Mais, Monsieur Pierre, c'est vous qui l'avez envoyé chercher, ainsi que Mlle Jacqueline ?

— Moi, je les ai envoyé chercher ? Et par qui ?

— Par un gamin.

— Mais jamais de la vie !

— Hélâ, mon Dieu ! s'écria Yvonne, en se laissant choir sur une chaise. On nous a trahies.

— De grâce, pour l'amour du ciel, expliquez-vous, s'écria Pierre.

— Ma fille ! Ma fille est perdue ! gémit la comtesse. Ah ! pourquoi ne suis-je pas morte, si je dois ne jamais revoir ce que j'ai de plus cher au monde.

Elle se mit à sangloter, éperdument.

Pendant que la vieille domestique s'empressait auprès d'elle, Pierre écouta Yvonne lui faire le récit des événements qui s'étaient déroulés dans la journée.

— Cet enfant, le connaissez-vous ? demanda-t-il quand elle eut terminé.

— Non. Je le voyais pour la première fois.

— C'est lui qu'il faudrait retrouver. Par lui, nous saurons peut-être le nom de ceux qui l'ont envoyé.

Puis, s'adressant à Mme de Bauville :

— Rassurez-vous, Madame ; Antoinette n'est pas perdue. Je vous la rendrai, je vous le jure.

La jeune femme leva sur lui son visage baigné de larmes. L'assurance qu'elle lut dans ses yeux lui rendit un peu de calme.

— Oh ! oui, sauvez-la !

Soudain, une clé grinça dans la serrure : des pas s'approchèrent, une voix joyeuse s'exclama :

— Par les dieux immortels ! J'espère que voilà le bonheur rentré sous mon toit ! Holà, Jacqueline, viens embrasser ton vieil oncle.

— Not'maître ! s'écria la servante.

Devant les mines défaites, les visages sérieux et chagrins qu'il aperçut dès le seuil, Socrate s'arrêta net, le regard anxieux.

— Ciel ! qu'y a-t-il ?

Yvonne le mit au courant.

— Enlevées !... Ah ! je suis sûr que Louchart n'est pas étranger à ce nouvel exploit.

— Je le pensais aussi, fit Pierre en s'avançant.

Mais il eut un cri de stupeur en apercevant tout à coup un personnage qui se dissimulait derrière Socrate.

— Mon père !

La bonne figure de Piperel s'éclaira ; mais il hésita une seconde avant de se jeter dans les bras de Pierre.

— Monsieur le baron, balbutia-t-il.

— Monsieur le baron, répéta Pierre. Quoi ! que veut-il dire ?

— Rien, répliqua Socrate en jetant sur le maître de poste un regard courroucé.

Le bonhomme reprit contenance.

— Mon cher petit gars ! s'écria-t-il en serrant le jeune homme sur sa large poitrine.

La comtesse n'avait point paru prendre part à cette scène. En la voyant prostrée dans son chagrin, Pierre eut honte de son bonheur.

— Je pars. Je vais me mettre en campagne sans plus tarder, fit-il. Madame la comtesse, ayez confiance.

Comme il se préparait à sortir, des coups violents et précipités ébranlèrent la porte.

Pierre alla ouvrir, et revint bientôt, accompagné d'un paysan qui poussait devant lui un enfant d'une dizaine d'années, la mine penaude.

— C'est lui ! s'écria Yvonne en apercevant le gamin. C'est lui ! Je le reconnais.

Mme de Bauville s'était levée, toute droite, les bras tendus, les yeux fixes :

— Lui ! c'est lui qui m'a pris ma fille !

Socrate la fit rasseoir doucement.

Le paysan s'avança, l'air embarrassé :

— Pardon, excuse, Maît'Socrate, et vous, Madame la comtesse. Cette mauvaise graine (il lança une bourrade au gamin) cette mauvaise graine s'est laissé endoctriner par le citoyen Louchart jusqu'à jouer un rôle de traître. Mon fils, se conduire ainsi ! moi qui l'ai élevé en honnête homme !... Ah ! il en a reçu, je vous le promets.

Socrate intervint.

— Vite, mon ami, dites-nous où sont ma

nièce et Mlle de Bauville, si vous le savez.

Mais l'autre ne fit point grâce de ses doléances.

— Ma femme, en déshabillant l'enfant, a trouvé dans ses vêtements une poignée de monnaie. « Qu'est-ce que cela ? » lui a-t-elle demandé. Il s'est mis à pleurer ; ma femme m'a appelé. J'ai questionné le gamin à mon tour. Enfin, il s'est décidé à tout m'avouer ; mais ce n'a pas été sans peine : « J'ai rencontré le citoyen Louchart sur la route de Bauville. Il m'a dit d'aller chercher les demoiselles, chez Socrate, et de les amener aux ruines du château, en leur faisant croire que le général des chasseurs du roi les faisait appeler pour les conduire auprès de Mme la comtesse. — Et c'est pour cela qu'il t'a donné des sous ? — Oui, et il m'a promis de me tuer si je parlais... » Vous jugez de ma colère !...

Socrate reconduisit le paysan et son fils jusqu'à la porte en le remerciant.

— Maintenant, dit-il, il nous faut agir sans retard. Toi, Pierre, tu vas mettre les chasseurs en campagne. Quant à moi, qui ai personnellement un compte à régler avec l'honnête Louchart, je lui réserve une surprise.

Puis, s'adressant à Mme de Bauville :

— Courage, Madame la comtesse, nous sauverons les prisonnières et nous punirons le traître. Que diable ! nous avons accompli des besognes plus difficiles !

XIII

Après l'incendie du château de Bauville, les gros murs étaient restés debout, noircis par les flammes. Notamment la petite pièce où s'ouvrait, derrière la bibliothèque, l'entrée du souterrain, dissimulée sous une pierre du dallage, était demeurée intacte.

C'est là que Louchart, avec quelques mauvais gars qu'il avait gagnés à sa cause, avait établi son quartier général ; là qu'il avait attiré Jacqueline et Marie-Antoinette, par le moyen du subterfuge que l'on sait.

Tout d'abord, il ne s'était point demandé ce qu'il ferait de ses prisonnières. Il n'avait eu qu'un désir, qu'un but : se venger, et, pour y parvenir, il avait enlevé les deux jeunes filles ; malgré leurs cris, leur résistance, il les avait enfermées dans un réduit sans jour.

Mais, après réflexion, il commençait à regretter son acte. Évidemment, il s'était trop hâté. La haine est mauvaise conseillère.

Quel parti prendrait-il ?... Tuer les captives, il ne l'osait point ; les conduire à Bayeux, c'était chanceux ; il n'était pas lui-même fort bien en cour. Restait à les rançonner, et reprendre ainsi la fameuse prime qu'il avait tant convoitée... C'était bien tentant ; mais, pour y parvenir, il lui faudrait dévoiler sa retraite. Les chouans viendraient l'y trouver. Quelles forces leur

opposerait-il ? Il ne disposait que d'une poignée de drôles peu sûrs.

Tout en se livrant à ces réflexions, Louchart se promenait devant les ruines du château, à l'entrée du parc dont l'herbe, maintenant, envahissait les allées.

Brusquement, il s'arrêta, l'oreille au guet, fouillant d'un œil anxieux l'épaisseur des fourrés. Il avait cru voir une ombre se glisser furtivement entre les arcades des charmilles.

Il appela. L'un de ses compagnons accourut.

— Il y a quelqu'un dans le parc.

— Tu es fou. Qui veux-tu qui nous espionne ? Les chasseurs du roi n'ont pas quitté leurs cantonnements depuis l'arrestation de la veuve Bauville ; leur général passe son temps à Bayeux auprès de la ci-devant comtesse.

— N'importe. Je suis sûr d'avoir vu passer un homme au bout de cette allée.

L'autre haussa les épaules :

— Si tu y tiens, faisons une ronde.

— Tu es armé ? demanda Louchart, toujours prudent.

— Cette question !

Pendant qu'ils contournaient les taillis et fouillaient le bois, un homme sortit d'un buisson, se glissa vivement dans l'ouverture béante d'un soupirail, sans être vu.

— Es-tu rassuré, maintenant ? interrogea, gouailleur, le compagnon de Louchart.

— Les prisonnières ?... questionna l'ancien laquais.

— Sois tranquille, elles ne se sont point envolées.

— Allons les voir.

Ils franchirent un monticule formé par de larges pierres éboulées, gagnèrent l'entrée du réduit où Jacqueline et Marie-Antoinette étaient enfermées.

— Eh bien, Mesdemoiselles, plaisanta Louchart, vous n'avez pas d'appétit, à ce que je vois.

Jacqueline était assise par terre, dans un angle de la pièce, tenant sur ses genoux Antoinette endormie.

— Lâche ! murmura-t-elle, respectez au moins le sommeil de cette enfant.

— C'est vrai, je manque totalement de délicatesse... Il faudra vous en plaindre à votre oncle.

Jacqueline allait riposter. Louchart ne lui en laissa pas le temps. Il referma la porte de l'étroit cachot, qui rentra dans l'ombre.

Au même moment, l'homme qui s'était glissé tout à l'heure par le soupirail sortait de sa cachette sans éveiller l'attention, traversait le parc en courant, franchissait le mur avec une agilité d'écureuil. Quelques minutes plus tard, il pénétrait dans un petit bois, en bordure de la route de Bayeux, à peu de distance des dernières maisons de Bauville.

Dans une clairière, un détachement républicain cantonnait. Au centre, Socrate faisait les cent pas en causant avec l'officier, le même à qui le comte de Bauville avait si galamment rendu son épée et laissé la vie sauve, à Cerisy.

— Oui, disait Socrate, j'en ai la preuve : c'est ce Louchart qui, par la ruse et le mensonge, avait excité contre le comte le pauvre charbonnier que vous avez si cruellement châtié.

— Croyez, protestait l'officier, que je regrette ma sévérité. Sans doute, si j'avais soupçonné la vérité, c'est sur Louchart...

— Il ne perdra rien pour avoir attendu. C'est une bête dangereuse qu'il faut supprimer.

— Les ordres du commissaire sont formels. Nous devons l'amener à Bayeux mort ou vif. Dès le retour de notre éclaireur, nous nous mettrons en campagne.

L'homme arrivait précisément.

On l'interrogea.

— Louchart campe dans les ruines du château, avec les garnements qu'il a recrutés.

— Et ses prisonnières ?

— J'ai pu les apercevoir.

— Elles vivent ! s'écria Socrate.

Il eut un bref colloque avec l'officier ; après quoi, s'adressant à l'éclaireur :

— Tu vas te rendre au Bois-des-Roches sans perdre une minute. Tu indiqueras au général des chasseurs du roi l'endroit exact où sont enfermées les jeunes filles, et tu lui diras d'agir comme il est convenu. Notre troupe le soutiendra et viendra renforcer la sienne !... C'est compris ?

— Compris.

L'homme salua militairement et reprit sa course par le sentier qui descendait, à flanc de coteau, dans la vallée de la Seulles.

Cependant, Louchart, rassuré, avait réuni ses hommes dans la partie des ruines qui représentaient l'ancienne bibliothèque du château, et les consultait sur le meilleur parti à tirer d'une opération accomplie, à son avis, avec trop de précipitation. Chacun exprimait son opinion, donnait un conseil.

— Evidemment, la seule solution serait d'obtenir une rançon que nous nous partagerions.

A ce mot de partage, Louchart esquissa une grimace. Il n'avait pas prévu, dans son association, la participation aux bénéfices. N'importe ; il était trop tard pour reculer. On verrait ensuite à se débarrasser des collaborateurs exigeants.

Il objecta :

— On connaîtra forcément notre retraite, on nous attaquera.

— Les chasseurs du roi sont désorganisés ou à peu près. D'ailleurs, nous pourrions rester ici pendant qu'avec les prisonnières tu chercherais un autre refuge. Je sais, à Bény, une petite maison discrète où personne ne te découvrira. L'un de nous se chargerait des négociations.

— Peut-être.

— Seulement, il faut nous hâter. Socrate peut revenir d'un jour à l'autre.

— Agissons donc immédiatement. Peux-tu me conduire à Bény aujourd'hui même ? demanda Louchart, enchanté d'abandonner ces ruines, qu'il considérait comme une retraite peu sûre, et dont l'aspect sévère l'impressionnait péniblement.

— Attends au moins qu'il soit nuit. Tu n'es pas, je suppose, assez fat pour désirer qu'on te voie, en plein jour, te promener avec deux demoiselles ?

Tous éclatèrent de rire.

— Ecoutez ! fit soudain Louchart, en leur imposant silence du geste. On a marché dans le cachot.

Les rires redoublèrent.

— As-tu peur que les prisonnières ne tentent de renouveler les exploits de Latude ? Elles sont un peu jeunes. Attends qu'elles aient, comme lui, trente-cinq ans de captivité.

L'ancien laquais craignit, en insistant, de montrer trop clairement sa poltronnerie. Il se tut, mais n'en garda pas moins une impression de malaise. Il ne se sentait pas en sûreté.

Lancés sur le terrain de la moquerie, ses compagnons ne s'arrêtèrent point. Au moindre bruit, dès qu'un souffle d'air agitait le feuillage bruissant des peupliers, ils s'écriaient en manière de plaisanterie :

— Louchart, voici les brigands !

Lui, ébauchait une grimace qui pouvait passer pour un sourire ; mais, au fond, il rageait ferme, et, n'eût été la conscience de sa faiblesse, il eût imposé silence aux railleurs.

Soudain, un bruit de pas, véritable cette fois, se fit entendre. En une seconde, tous furent sur pied, Louchart tout le premier. On courut aux armes, en désordre, avec une maladresse née de l'inexpérience. Des cris s'élevèrent :

— Les chasseurs du roi !

— Les brigands !

— Nous sommes cernés !

Par le parc, par la cour, les chouans s'avançaient en rangs serrés.

A leur tête, Pierre lança un commandement :

— En avant !

— Sauve qui peut ! jeta comme en écho la troupe indisciplinée de Louchart.

Peu soucieux de se mesurer avec les terribles chasseurs, tous s'enfuyaient, franchissant les obstacles, dans le dédale des ruines amoncelées, des pierres, des plâtras éboulés.

Louchart voulut les imiter. Vainement.

Sur lui s'était concentrée toute l'attention de l'ennemi qui ne se souciait guère de poursuivre les fuyards. Autour de l'ancien laquais, blême de frayeur, haletant, les jambes tremblantes prêtes à se dérober sous lui, le cercle des assiégeants se resserrait. Comme un fauve traqué, qui se replie sous soi-même, attend pour bondir la seconde propice, il tournait les yeux dans toutes les directions, cherchant un point faible, guettant une faute de l'ennemi.

Toujours le cercle se resserrait, les

baïonnettes s'avançaient menaçantes. Louchart brandit un pistolet, le braqua.

Le coup, mal dirigé, n'atteignit personne.

— Ne tirez pas ! ordonna Pierre à ses hommes.

Puis, à Louchart :

— Rends-toi.

— Aurai-je la vie sauve ? implora Louchart, avec une lueur d'espoir.

— Pas de conditions ! prononça Pierre.

Un rugissement de rage, de terreur, de désespoir, lui répondit :

— Ah !... C'est ma mort que vous voulez ; soit !... mais, du moins, vous ne retrouverez pas vivantes celles que j'ai enlevées !

Et, avant qu'on pût s'y opposer, il s'élançait d'un bond sur la porte du cachot, son pistolet braqué. D'un mouvement rapide, il fit jouer la serrure, poussa le battant...

— Parties !...

Le cri s'éleva, pareil à un rugissement de tigre.

En même temps, deux hommes se jetaient sur Louchart, le ligottaient, l'apportaient sur la place, devant la grille du château.

Pierre s'approcha de lui.

— L'heure est venue où tu vas expier tes crimes, Louchart. Tu n'as pas su profiter de notre clémence pour changer d'existence. Tu as manqué à tes serments. Tu vas mourir !... Recueille-toi avant de paraître au tribunal suprême de Dieu.

Louchart, les yeux dilatés, la bouche tordue, les mains crispées à ses liens, se raidit dans un dernier effort pour tenter de se délivrer.

Pierre fit un signe. Quatre hommes portèrent le prisonnier sous un orme séculaire. L'un d'eux monta sur la maîtresse branche, fit descendre une corde dont on passa le nœud coulant autour du cou de Louchart.

L'ancien laquais se débattit, tenta de crier ; la corde se serra, se tendit d'une brusque secousse.

Une seconde, les jambes maigres s'agitèrent dans le vide. Les prunelles se révulsèrent ; la langue pendit, violette, hors de la bouche béante, entre les lèvres décolorées. Puis la tête s'inclina sur l'épaule.

Le traître avait vécu.

A ce moment, l'officier républicain parut à l'angle de la route avec Socrate, à la tête de son détachement.

— Les bleus !

— Pour une fois, ils viennent en amis, annonça Pierre.

En effet, l'officier, dès qu'il aperçut les chasseurs du roi, agita un drapeau blanc pour montrer qu'il n'avait point d'intentions hostiles.

Quand il se fut approché :

— Je vois, général, dit-il en désignant le corps de Louchart que balançait doucement la brise marine, je vois que nous arrivons trop tard pour vous prêter main forte. Votre besogne est faite.

— Et bien faite, intervint Villefranche.

— En effet, il ne me reste qu'à vous prier de m'abandonner la dépouille mortelle du traître : je me suis engagé à le ramener à Bayeux mort ou vif.

— Nous vous ferons bien volontiers ce présent.

— Certes, sa peau ne vaut pas cher.

Chouans et grenadiers fraternisaient. On avait allumé les pipes. Les propos s'échangeaient, montaient, joyeux, dans les nuages de fumée légère.

— Je suis heureux, général, d'avoir pu vous connaître et vous apprécier ailleurs que sur un champ de bataille, disait l'officier à Pierre.

— Et moi de même, Monsieur, ripostait le jeune homme.

— Savez-vous qu'il est question de signer une trêve entre nos deux partis. Je serai le premier à m'en réjouir.

Socrate mit fin à cet échange d'aménités.

— Les prisonnières ? demanda-t-il simplement.

— Elles sont en lieu sûr.

L'officier salua, rassembla ses hommes.

— Un de mes chasseurs les a conduites chez vous, à Courseulles, où nous les retrouverons saines et sauves.

Tout en marchant aux côtés du vieillard, dans la direction du Bois-des-Roches, il conta le stratagème employé pour ravir les deux jeunes filles à Louchart.

Villefranche, d'après les renseignements fournis par l'éclaireur, avait deviné que le cachot des prisonnières n'était autre que l'étroit cabinet où s'ouvrait le souterrain du château ; vite, il s'y était engagé.

A l'extrémité de la galerie, le ressort avait joué facilement, la dalle s'était déplacée.

Jacqueline, en voyant apparaître par l'ouverture soudain béante à ses pieds la tête de Villefranche, avait d'abord éprouvé quelque frayeur ; mais elle s'était tôt rassurée devant ce salut inespéré. Elle avait déposé dans les bras de son sauveur Marie-Antoinette endormie, avait suivi Villefranche dans l'escalier raide, dans le couloir obscur, sans que rien eût pu mettre Louchart sur ses traces.

Tout de suite, un homme sûr avait emmené Jacqueline et Antoinette auprès de la comtesse.

— Dès lors, conclut Pierre, nous étions maîtres de la situation. N'ayant pas à redouter les représailles de Louchart sur ses prisonnières, nous étions certains de le prendre et de lui infliger enfin la punition méritée.

— Amen ! dit Socrate en se découvrant. Que Pluton reçoive sa belle âme dans ses enfers.

XIV

Un spectacle de paix et de douceur s'offrit aux regards ravis de Socrate et de Pierre à leur entrée dans la petite maison de Courseulles.

La comtesse de Bauville, entourée d'Yvonne, de Villefranche, de Piperel et de la vieille servante, couvrait de baisers le visage de sa fille, rassurée, blottie contre son sein.

A ses pieds, Jacqueline se tenait sur un coussin, sa jolie tête blonde levée vers la jeune femme qu'elle suppliait de ne plus les quitter.

Elle se leva pour courir au-devant de Socrate.

— N'est-ce pas, mon oncle, que vous ne permettrez pas que Mme de Bauville habite ailleurs que chez vous ?

— Sans aucun doute, et je suis sûr que la comtesse ne voudrait pas nous faire ce chagrin.

— Je ne veux pas vous compromettre, protesta la comtesse.

— D'abord, vous n'êtes plus proscrite. En vous graciant, la Convention vous a prise sous sa protection. Enfin, le danger qui vous menaçait naguère n'existe plus. J'ai des nouvelles de Paris. Le parti de Robespierre succombe, celui de Tallien triomphe. Déjà l'on parle de paix. Vous voyez que nous n'avons rien à redouter.

Pour toute réponse, la jeune femme tendit à Socrate sa main qu'il baisa.

Pierre avait jeté ses deux bras au cou de Piperel :

— Mon père !

Le maître de poste eut un involontaire mouvement de recul.

— Monsieur le baron, balbutia-t-il.

— Quoi ?... Que signifie ?... fit Pierre, déconcerté.

Socrate jeta sur Piperel un regard sévère qui acheva de le déconcerter.

— Pardon, Monsieur le marquis, implora-t-il en s'adressant cette fois à Socrate.

— M. le marquis ?... reprit Pierre, de plus en plus surpris.

— Ah ! ma foi, tant pis, mon secret m'étouffe. Aussi bien faudra-t-il que tu apprennes... pardon, que vous l'appreniez un jour. Je ne suis pas votre père.

— Tu n'es pas.. Vous n'êtes pas mon père ?

Socrate intervint.

— Le moment n'était pas encore venu, à mon gré, de te dévoiler le mystère de ta naissance. Puisque Piperel n'a pas su se dominer, je ne puis plus me taire. Je parlerai donc. Ecoute-moi, Pierre, et toi aussi, Jacqueline.

Et le vieillard refit le récit qu'il avait déjà fait à Mme de Bauville.

— Tu t'appelles le baron Pierre de Prémesnil, conclut-il, et Jacqueline est ta sœur.

— J'aurais dû m'en douter, s'écria la jeune fille en sautant au cou de Pierre, je l'aimais déjà comme un frère... Pierre, embrasse notre oncle.

Le jeune général s'exécuta, et, quand il posa ses lèvres sur la joue du vieux marquis-philosophe, il sentit qu'une larme la mouillait.

Il se tourna vers Piperel qui s'était retiré à l'écart, un peu honteux.

— Eh bien ! mon vieux papa, on n'aime plus son fils ?

Il ouvrit les bras. Son père adoptif s'y jeta en sanglotant ; puis, se dégageant :

— Ma tâche n'est pas terminée, Monsieur le baron.

— Appelle-moi Pierre, et tutoie-moi, comme à Mantes, ou je me fâche !... Que diable ! tu ne faisais point tant de cérémonie pour me donner le fouet quand je courais les champs. Il n'y a pas si longtemps !

— C'est vrai.

— Alors ?

— Tu es un brave cœur, Pierre, approuva la comtesse.

Piperel tendit un coffret au jeune homme.

— Ton père, avant de mourir, m'a confié ce dépôt.

Pierre l'ouvrit. Il contenait, outre des papiers de famille, quelques rouleaux d'or, des bons du Trésor, une petite fortune.

— Nous voici riches.

— Hélas ! fit la comtesse, en songeant à son propre dénuement.

— Bah ! déclara Socrate en manière de consolation, nous vivrons tous ici, en gens simples. L'argent ne fait pas le bonheur, et nous en avons assez pour nos modestes besoins.

— Ici, déclara Pierre, nous serions un peu à l'étroit. J'ai plus d'ambition. Je veux, quand la paix sera signée, reconstruire le château de Bauville. Mme la comtesse en reprendra possession, et nous serons ses hôtes. Toi aussi, mon vieux papa, tu resteras avec nous, puisque, à ce que m'a dit l'oncle Socrate, tu as liquidé tes affaires à Mantes où rien ne t'appelle plus désormais.

Mme de Bauville, le cœur épanoui, souriante, protestait.

— Le château sera rebâti, répéta Pierre. Ce sera la dot de Marie-Antoinette.

— Et Pierre sera mon mari ! s'écria ingénument la fillette.

Un rire joyeux, qui pour la première fois depuis bien longtemps venait éveiller les échos de l'heureuse petite pièce, accueillit la déclaration de l'enfant.

Mme de Bauville attira Pierre et l'embrassa maternellement.

— Allons, à table, par Jupiter ! s'écria Socrate pour mettre fin aux attendrissements, au moment où la vieille servante apportait la soupière fumante.

On prit place autour de la nappe blanche, sous la lumière intime que versaient les bougies du candélabre allumé, en signe de fête, au lieu du quinquet coutumier.

Une joie franche, sans arrière-pensée, régnait ce soir-là entre les murs de la demeure hospitalière.

Seule la comtesse de Bauville voyait un nuage assombrir son bonheur : elle regrettait l'absent, le cher compagnon qui avait perdu la vie dans la tourmente.

24-11. — Imprimerie P. FERON-VRAU, 3 et 5, rue Bayard, Paris, VIII.

ANDRÉ FOURNIER